I0633878

L'ART POLITIQUE.

1862

Ye

10391

IMPRIMERIE DE LE NORMANT.

Ya. 5492
Dgf.

Des maçons quelquefois trop ardents à l'ouvrage
Votaient à coups de poing sur un échafaudage.

L'ART POLITIQUE,

POËME

EN QUATRE CHANTS,

SUIVI DE PIÈCES FUGITIVES
ET ŒUVRES DIVERSES;

PAR M. BERCHOUX.

A PARIS,

CHEZ LE NORMANT, LIBRAIRE,
RUE DE SEINE, N° 8, F. S. G.

M DCCC XIX.

AVERTISSEMENT.

———

J'AI cherché à réunir dans un cadre régulier et didactique tous les principes de l'art de gouverner en révolution. Je ne sais si j'aurai le bonheur de plaire aux révolutionnaires : j'y ai pourtant travaillé de tout mon pouvoir. Mais je crains bien qu'ils ne m'accusent encore avec leur finesse ordinaire, d'être un partisan de l'*inquisition*, des *droits féodaux*, etc. Je serais pour le coup aussi

*

embarrassé que cet homme qui, dans la chaleur d'une dispute violente, fut traité de *porte d'enfer*. Le moyen, dit-il, qu'on puisse se disculper d'être une porte d'enfer! Mais je comprends bien qu'il serait question de me reprocher un penchant vers l'ancien régime, où l'on était brûlé vif assez journellement en France, où l'on payait des droits énormes qui ne ressemblaient guère à nos légers budgets de huit ou neuf cents millions. Mais j'ai d'autant plus à cœur de me laver d'avance, que j'aurai probablement affaire à de fiers et invariables doctrinaires qui n'ont jamais fléchi le genou, devant aucune espèce de tyrannie. Je sais

positivement que pour tout au monde ils
n'auraient voulu souiller leurs mains de la
plus petite somme offerte par un pouvoir
ayant la même tendance vers *l'arbitraire* ;
voilà un beau caractère qui leur donne, je
l'avouerai, une grande supériorité sur moi :
car il faut bien que je m'accuse d'avoir,
sous un certain régime impérial, été com-
blé de toutes sortes de titres, de faveurs
pécuniaires et de décorations que j'ai ac-
crochées comme j'ai pu, en me rendant
utile dans l'antichambre du maître : mais
on voit bien que c'est une raison de plus
pour me faire détester une vieille monarchie où on était *avili* non seulement par un

furieux esclavage, mais aussi par des bienfaits aristocratiques et des distinctions féodales. J'ai été, en mon particulier, singulièrement *avili* en ce genre. Je me flatte
bien qu'on n'y reviendra pas : c'était une
horreur, indépendamment de toutes celles
que m'ont fait souffrir ces bourreaux d'in-
quisiteurs et de seigneurs français.

Je serai plus justement accusé sans doute
au sujet de mes hémistiches. Il est probable
que je serai regardé comme un poëte tout-
à-fait barbare par cette foule d'hommes
éclairés qui ont d'abord leurs propres
chefs-d'œuvre à m'opposer. Je ne pourrai répondre que par ma profonde admi-

ration. Je ne lirai point leurs critiques ;
car je suis placé de manière à ce qu'elles ne
puissent jamais tomber entre mes mains.
J'y perdrai beaucoup d'un côté (elles ne
manqueront pas d'être polies, modérées et
spirituelles) ; mais d'un autre, j'y gagne-
rai de ne pouvoir point prendre d'humeur
ni de jalousie contre tout ce qu'il y a de
magnifique dans les lumières révolutionnaires. Du reste, si je pouvais exciter quelques haines par des écrits contraires à l'esprit du siècle, je saurai me contenter de
ce seul titre de gloire, à défaut de celle
que donne le vrai talent. J'ai du moins
assez bien profité dans le doux commerce

des Muses pour ne point savoir haïr, et
pour me mettre bien au-dessus de toutes
les inimitiés de la terre,

L'ART POLITIQUE,

POËME DIDACTIQUE.

~~~~~~

CHANT PREMIER.

———

L'ORIGINE DES POUVOIRS.

Ami des nations, poëte didactique,
Je veux régler en vers la science publique.
De la raison humaine, ardente à gouverner,
Je dirai les progrès que rien n'a pu borner.
Heureux dans l'art profond où mon génie excelle
De citer quelquefois mon pays pour modèle.

I

L'ART POLITIQUE,

Je n'ose dans le ciel chercher d'heureux secours.
Trop d'invocations ont rendu les Dieux sourds.
Je voudrais éviter d'être insipide et triste
Sur mon cheval ailé devenu publiciste :
Mais j'attends tout d'un siècle avancé, lumineux.
Le rimeur philosophe a-t-il besoin des Dieux ?

Aristote et Platon ne seront point mes guides.
Je n'adopterai point leurs préceptes timides.
L'Abeille Athénienne [1] en vain avec *douceur*
D'un peuple imaginaire a rêvé le bonheur ;
Le Prince des pédans [2] fait dans sa *politique*
Redouter au lecteur sa pesante logique.
Puisse d'un tel ennui l'univers préservé,
Sourire à mes accens, et je l'aurai *sauvé !*

Avant les trois pouvoirs établis sur la terre,
J'examine un moment l'homme mon pauvre frère.

Je le vois sans abris, sans lois et sans décrets,

Au régime du gland, au banquet des forêts,

Ayant pour édredon une fraîche verdure,

Et pour tout vêtement celui de la nature ;

Ne s'inquiétant point d'un ciel trop négligé,

Que Copernic encor n'avait point arrangé,

Et végétant, hélas, pour comble d'infamie,

Sans Opéra-Comique, et sans Académie.

Le danger rapprocha les premiers citoyens,

Forcés de réunir leurs forces, leurs moyens.

Un pacte social, un contrat populaire

Se passa (je ne sais pardevant quel notaire),

Par la métaphysique avec soin conservé,

Ce contrat, de nos jours, s'est enfin retrouvé.

Les hommes réunis formant corps politique

Se sont donné des lois : voilà la RÉPUBLIQUE.

Mais les républicains nés *bons* et *vertueux*

N'en sont pas moins sujets à s'égorger entre eux.

Ces bons humains se font une guerre inhumaine
Pour franchir une borne, agrandir un domaine :
Le général vainqueur en triomphe est porté,
C'est le soldat héureux : voilà la ROYAUTÉ.
Ce soldat premier roi, quoiqu'encore inhabile,
Impose un joug léger à son peuple docile.
Quel bonheur sur le trône a duré plus d'un jour !
Un sujet veut jouir du pouvoir à son tour ;
Toute puissance excite une mortelle envie.
On menace le prince, on en veut à sa vie :
Le sort du peuple libre est bientôt résolu.
On l'enchaîne : voilà le POUVOIR ABSOLU.

D'heureux législateurs ont régné sur la terre.
Une admiration aveugle et routinière
S'est long-tems attachée à leurs noms glorieux.
Doivent-ils conserver cette gloire à nos yeux ?

Qu'importent leurs vertus publiques et privées ?

Les finesses de l'art nous étaient réservées.

Ont-ils su comme nous, par un secret nouveau,

Appliquer à leurs lois l'équerre et le niveau ?

C'est en vain qu'autrefois nos barbares ancêtres,

Souvent fiers d'obéir, ont adoré leurs maîtres,

Et, paisibles sujets dans *la nuit de l'erreur*,

Ont remis à des chefs le soin de leur bonheur.

En vain dans une illustre et riante contrée,

Soumise aux douces lois de Saturne et de Rhée,

L'homme connut des jours filés de soie et d'or :

Ce bonheur, sans méthode et sans principe encor,

Etait-il le bonheur tel qu'en nos jours prospères

Nous l'avons vu briller à l'aide des lumières ?

Saturne, de nos jours. vainement ballotté,

N'aurait point obtenu le rang de député,

Et vainqueur au scrutin, n'eût pu prendre séance,

Aux lieux qu'ont illustrés tant de docteurs en France.

I.

Refusons notre estime à ce temps trop vanté,
Où des bases manquaient à sa félicité.

Moïse, des Hébreux législateur suprême,
Recevant ses pouvoirs et la loi de Dieu même,
Vaut-il monsieur Grégoire ayant reçu mandat
D'un quartier de Nanci pour réformer l'Etat ?
Ce roi des Bactriens dont la Perse s'honore,
Enseignant la sagesse aux peuples de l'aurore,
Zoroastre, peut-il égaler un bourgeois
Voué du côté gauche à régenter les rois ?
Dans ce code sévère et ces décrets rigides,
A Sparte promulgués, le fils des Héraclides
A-t-il pour son pays l'ardeur, la passion
D'un orateur français *sauvant la Nation*,
Et sachant provoquer sa perte avec adresse,
Pour avoir le plaisir de la sauver sans cesse !

Cet antique Lycurgue, à Paris transporté,

Envieux et jaloux de notre *humanité*,

Etranger aux douceurs de nos lois fraternelles,

Aurait cherché peut-être un asile contre elles,

Trop avare sans doute envers ses commettans,

Ah ! jamais à l'égal de nos représentans ;

Nous eût-il décrété, dans sa munificence,

Soixante mille lois pour gouverner la France ? 3

Et par un laconisme autrefois admiré,

Privés de longs discours, eussions-nous prospéré ?

Numa législateur d'un peuple encor rebelle,

Sur la divinité fonda la loi nouvelle.

Trop loin des esprits forts qui brillent à nos yeux

Esprit faible, aux Romains il fit aimer les Dieux.

Une nymphe charmante, aimant la politique,

Egérie, inspirait le prince pacifique. 4

Dans sa modeste cour conduite vers le soir,

Elle venait l'aider à fonder son pouvoir.

Tous deux s'abandonnant à de douces extases,

De la grandeur romaine ils combinaient les bases,

Et pour le bien public, rapprochés d'intérêt,

Ils s'occupaient d'un code en comité secret.

Ah ! rendons l'homme heureux, s'écriait Egérie ;

Et Numa soupirait pour sa belle patrie.

Un regard, un soupir, provoquaient une loi

Pour la ville éternelle et pour le peuple roi.

Dracon en politique avança la science,

Athènes en connut la bénigne influence. [5]

Pour le moindre délit, la mort, toujours la mort

N'était point, à l'en croire, un supplice trop fort.

Il ne fit point d'ingrats pour des lois aussi bonnes,

Au théâtre bientôt accablé de couronnes,

Il y perdit la vie, au bruit doux et flatteur

Des cris : vive Dracon notre législateur !

Nembrod pour premier roi, se faisant reconnaître,

Le premier osa dire aux hommes : je suis maître....

Mais je n'ai point sans doute assez haut remonté,

Le vrai type des lois a plus d'antiquité.

Un publiciste heureux, réformant la Genèse,[6]

Vient de le découvrir pour la gloire française.

Le *Monde mis aux voix* dans toute sa grandeur,

N'est point l'œuvre parfait d'un seul Dieu créateur.

Plusieurs voix du chaos débrouillant la matière,

Ont *voté* l'univers en comité primaire.

D'un corps délibérant sont sortis les enfers,

La lune, le soleil, les fleuves et les mers.

Et l'homme, s'estimant le plus beau des ouvrages,

Vit le jour par l'effet des célestes suffrages. [7]

Noé, roi du déluge, établi sur les eaux,

Donna diverses lois aux divers animaux.

Il voulut dans son arche organiser les bêtes

A s'affranchir du joug, comme on sait toutes prêtes;

Déjà dans leur instinct en secret excité,

Germaient l'indépendance et la fraternité.

Il fallait empêcher les tigres, les panthères

Et les rhinocéros de se traiter en frères;

Il fallait contenir leur appétit brutal;

Séparer le mouton d'un loup trop libéral;

Protéger des oiseaux les races innocentes

Contre l'oiseau de proie aux griffes déchirantes...

Mais l'instinct commençait à se moquer des lois,

L'âne même éclairé s'instruisait de ses droits.

Mes frères, il est temps de nous montrer rebelles:

Les bêtes, disait-il, sont égales entre elles.

Je m'estime, en dépit d'un préjugé brutal,

Malgré ma longue oreille, au niveau du cheval.

Son air chevaleresque et sa haute encolure

D'un orgueil féodal me donnent la mesure,

Il aura quelque jour des maîtres écuyers,

Connétables, barons, comtes et chevaliers,

Lesquels enorgueillis de leur cavalerie,

Appelés par l'honneur à servir la patrie,

Se riront en passant des modestes meuniers,

Conduisant au moulin le trésor des greniers.

Et tandis qu'à la guerre une charge sanglante

Ennoblira Bayard, Alfane ou Rossinante,

Un âne philosophe, aux yeux du genre humain,

Ne sera qu'un baudet roturier et vilain.

A bas donc les coursiers qui me portent ombrage!

De l'âne mécontent tel était le langage.

Une voix cependant en secret lui prédit,

Qu'on verra ses enfans sur la terre en crédit;

Qu'ils entendront un jour, vengés de leur bassesse,

La déclaration des droits de leur espèce....

Mille autres animaux dans l'arche renfermés,
Y trouvant leur salut, s'y trouvaient opprimés.
L'onde enfin laissa voir la riante verdure,
Théâtre où pût briller une liberté pure.....

De la tour de Babel trop hardis constructeurs,
Les enfans de Noé furent législateurs.
De leurs discussions il naquit des lumières
Sur l'art de remuer et de tailler les pierres.
On ne maçonnait rien qui ne fût discuté,
Les pierres s'élevaient à la majorité.
Des maçons quelquefois trop ardens à l'ouvrage,
Votaient à coups de poing sur un échafaudage ;
Et pour consolider l'utile monument,
Ils s'assommaient entre eux avec amendement.
Un ouvrier voulant briller en plus d'un rôle,
En arabe, en hébreu demandait la parole ;

Un autre en bas breton, en grec, en allemand,

Analysait la chaux, le grès et le ciment.

Enfin cet édifice, audacieux, sublime,

Lequel devait au ciel faire toucher sa cime,

Victime d'un savoir déjà trop prononcé,

Resta court sur la terre, à peine commencé.....

Mais la terre languit, et si je ne m'abuse,

Elle attend les leçons qu'a promises ma Muse.

Je lis dans tous les yeux ouverts sur mes travaux,

L'impérieux besoin des principes nouveaux.

FIN DU CHANT PREMIER.

L'ART POLITIQUE,

POËME DIDACTIQUE.

~~~~~~

CHANT DEUXIÈME.

———

LA MONARCHIE.

M<small>A</small> Muse va puiser dans la source féconde
D'un génie éprouvé réformateur du monde,
Et ne s'égarant point en inutiles vers,
Forte d'un grand exemple instruira l'univers.
L'art enfin a touché ses limites : la France
Des régimes divers a fait l'expérience.

Royauté, république et tyrans absolus
L'ont assez illustrée en trente ans révolus.

Amis, voulez-vous voir les grandes monarchies
Exemptes de défauts et d'abus affranchies,
Renversez-les d'abord : c'est le point capital.
Chez nos pères grossiers le bien même était mal ;
Et de ce qu'ils ont fait, privés de nos lumières,
Vous ne devez laisser que des traces légères.
D'un siècle qui s'avance apprenez les secrets.
Détruisez : c'est ainsi que tout fait des progrès.

De toute autorité soyez en défiance,
Même du meilleur prince entravez la puissance.
Il ne doit obtenir que des droits *mitigés*
Qu'il lui suffit de lire en code rédigés ;
Que le sceptre en ses mains ne soit qu'un vain fantôme,
Une ombre de pouvoir pour l'ombre d'un royaume.

Gardez qu'un roi tout seul , et sans vous consulter,
Puisse rien entreprendre et rien exécuter.
Faites qu'il soit soumis aux avis respectables
De ses moindres sujets devenus des notables.

Ayez égard au nombre, et proclamez d'abord,
Le respect courageux que l'on doit au plus fort.
Deux bras doivent céder leurs droits sans doute injustes,
A des milliers de bras exercés et robustes.
Toute force morale est un préjugé vain
Que secoue et détruit un heureux coup de main.

Les hommes sont égaux. C'est la loi générale.
Que leur autorité, s'il se peut, soit égale.
Dans l'Etat monarchique avec art ébranlé ,
Que tout soit à l'instant aplani , nivelé.
En un point seulement que l'égalité cesse ,
Accordez au vilain le pas sur la noblesse....

Mais qu'elle fuie et laisse à d'anciens protégés,

Tous ses biens devenus aussi des préjugés.

Qu'elle n'entoure plus les trônes de la terre,

Forts de la loyauté, de la foi populaire.

Aux couronnes du jour ajoutez pour fleurons

Et des principes purs et des abstractions,

Pour sentinelle, au lieu de gardes aguerries,

A la porte des rois placez des théories :

Croyez qu'un trône est sûr à tous événemens,

Gardé par des raisons et des raisonnemens.

Dépouillez-le surtout d'une frivole pompe.

La pompe est pour les sots que l'apparence trompe.

Qu'un palais, par la foule à toute heure entouré,

Soit de ses quatre murs simplement décoré.

N'en défendez jamais les modestes approches

A des sages armés de fourches et de broches,

Aimables courtisans, esprits justes et sains,

Toujours prêts au *devoir* qu'ils nomment des plus *saints*.

Détruisez à jamais cette antique croyance
Qui veut faire du ciel émaner la puissance,
Et qui fait que les rois pensent en plus d'un lieu,
Devoir leur rang auguste à la grâce de Dieu.
Des goujats assemblés en comité primaire
De toute autorité sont la source première,
Et les princes devront désormais leur destin
A la chance d'un vote, au bonheur d'un scrutin.

N'éprouvez pour vos rois qu'un amour politique,
Produit net d'un calcul exact, géométrique.
Ayez, tendre avec art, sensible à point nommé,
Le cœur d'un géomètre aux passions fermé.
Trop aimer en ce genre est d'un danger extrême.
De nos grands modérés apprenez comme on aime;
Comme on doit, vrai recteur des quatre facultés,
Au secours de son roi marcher à pas comptés.

Partant, si vous voulez dans une foule immense
De citoyens *actifs* voir quelqu'obéissance,
Tâchez d'en composer un peuple de docteurs,
Et de logiciens entêtés ergoteurs ;
Un peuple qui, sortant des routines humaines,
Cultive sa raison plutôt que vos domaines.
Instruisez, instruisez, avancez les esprits.
On règne avec succès sur les peuples *instruits*.
Pour avancer le siècle adoptez le système
D'une ignorance habile à s'instruire elle-même.
Mille écoles déjà nous peuvent témoigner
Que ce qu'on ne sait pas, on le peut enseigner.

Que le moindre grimaud, du fond de sa province,
Puisse décomposer l'autorité du prince ;
Que, juge d'un pouvoir à ses *droits* opposé,
Avant de s'y soumettre, il l'ait analysé.

Trop heureux qui pourrait dans une monarchie
D'un peuple tout entier faire une académie !
O que l'homme des champs se ferait estimer,
Décrivant des coteaux au lieu de les semer;
Sur la blonde Cérès écrivant des merveilles,
Et vivant de fumée, heureux fruit de ses veilles !
Aimables vignerons, libres des soins nombreux
Que demande la vigne à vos bras vigoureux,
Du conquérant de l'Inde entonnez les louanges,
Et laissez à Phébus le soin de vos vendanges.
La cigale, pour fruit des chansons de l'été,
L'hiver eut l'heureux sort qu'elle avait mérité.

Laissez toujours en paix l'innocente chaumière,
Et faites qu'aux châteaux on déclare la guerre.
Portez vos plus doux soins chez ces hommes grossiers
Où toutes les vertus se nichent volontiers,

Vertueux laboureurs aux mœurs douces et pures,

Allez de votre sort réparer les injures.

Chassez vos châtelains de ces nobles séjours

Où vous alliez chercher de perfides secours.

Leurs biens sont des forfaits, leurs bienfaits sont des
    chaînes.

Allez pleins *d'innocence* attaquer leurs domaines ;

Que leur mobilier même à bon droit convoité,

Toujours *innocemment* soit au vôtre ajouté.

Qui pourrait oublier cette illustre assemblée,

A nous constituer prudemment appelée,

Laquelle au Jeu-de-Paume, au Manége siégeant,

Pour faire un âge d'or nous laissa sans argent !

Voyez-la nous donnant un sublime modèle

Dans l'Etat monarchique *organisé* par elle.

Suivez sa marche habile, et voyez tous ses droits

A la reconnaissance, à l'amitié des rois ;

Voyez des gradués en droit, en médecine,

Enrichir de discours la patrie en ruine;

Des nobles faire hommage à l'Etat endetté

De leur titre coupable *envers l'égalité;*

Renier leur noblesse, et pleins de modestie,

Se déclarer *vilains* pour sauver la patrie;

Que de législateurs d'un mérite achevé

Professant la vertu par assis et levé !

Que de milliers de lois par la sagesse écrites,

Et non moins sagement par d'autres lois détruites,

Mais toutes arrivant à ce but désiré

De donner au monarque un pouvoir modéré !

On modère surtout le pouvoir qu'on dépouille.

Ainsi le soliveau chef du peuple grenouille

Dans son inaction régna modérément,

Et ne put opprimer faute de mouvement.

Mais accordons surtout notre profonde estime

Aux fameux droits de l'homme, invention sublime,

L'homme avait ignoré sous le joug des *tyrans*

Ce trésor politique enfoui six mille ans.

Que l'homme a de beaux droits que nous ont fait

   connaître

Tant de bourgeois tuteurs et régens de leur maître;

Droits servant de préface à ce beau monument,

A ce code *immortel*, mort si subitement;

Mais pour ressusciter plus immortel encore

Dans les codes divers qu'il a su faire éclore.

   Un roi peut confier sans craindre des regrets,

A des républicains ses plus chers intérêts.

Leur sagesse éprouvée offrant des garanties,

Sur des chemins de fleurs conduit les monarchies.

Ministre populaire, un commis Génevois

S'est fait l'heureux appui du trône de nos rois,

Et leur cour a brillé, modeste et satisfaite,

Sous le quakre Roland vainqueur de l'étiquette.

De la philosophie ayez l'heureux appui.
Elle s'entend à tout, elle est reine aujourd'hui.
En morale surtout, en science publique,
Fiez-vous aux clartés de sa métaphysique. [1]

Qu'on ne nous parle plus de ces héros chrétiens,
D'une antique couronne inutiles soutiens;
De ces preux chevaliers de la France gothique,
Aveugles instrumens d'un pouvoir monarchiqué.
Oublions jusqu'au nom des Bayards, des Condés.
Leurs exploits étaient-ils en *principes fondés* ?
Du joug de l'étranger garantissant la France,
Savaient-ils nous donner la vraie indépendance ?
Et Villars dans Denain servait-il son pays,
Comme Monsieur Constant ou Monsieur Azaïs;
Comme les nouveaux Grecs de la nouvelle Athène,
Inspirés par Minerve une fois par semaine ?

3

Sur l'art de gouverner puisez des notions

Dans les pamphlets du jour, source d'instructions.

Pour la gloire du siècle à chaque heure la presse

Fait d'un nouveau projet éclater la sagesse;

A chaque heure un grand homme au monde est révélé,

Dans son petit format sur les quais étalé.

Là brillent à bas prix des principes solides

Qui balancent les rois avec les régicides;

Là le noble et le prêtre à la haine voués,

Texte de maints discours du bon goût avoués,

En retour de leurs droits réels, honorifiques,

Reçoivent par torrens des injures classiques;

Là tous les préjugés et toutes les erreurs,

De la saine raison excitant les fureurs,

Sont *sapés et détruits* .... Trop heureux qui peut lire

Tout ce que la raison est capable d'écrire,

Pour nous faire chérir les élémens sacrés

De six codes au moins que nous avons jurés.

Que des bourgeois armés de plumes martiales,

Menaçant chaque jour des nations rivales,

Ne vous laissent jamais dans un lâche repos.

On s'enflamme aux discours d'un écrivain héros,

Faisant dans son grenier des phrases sur la gloire

Et contre les *vaincus* volant à la victoire. [2]

Muse, dis au lecteur cet exploit si vanté

Fruit des premiers élans de notre liberté.

Amis, il vous souvient de ces tours criminelles

Où quelques beaux esprits, pour d'aimables libelles, [3]

Pour de jolis couplets sur la ville et la cour,

Languissaient arrachés aux délices du jour.

Qui pouvait plus long-temps souffrir la tyrannie,

Capable d'entraver la marche du génie ?

Un Etat monarchique ardent à comprimer

Les élans du libelle et l'ardeur de rimer,

Pouvait-il subsister sur ses bases antiques ?

Des murailles, effroi des veines poétiques,

Insultant à nos droits de même qu'au bon goût,

Pouvaient-elles prétendre à demeurer debout ?

L'heure de démolir, de briser, de détruire,

Déjà sonne, et l'on voit la liberté sourire.

L'horreur des châteaux forts la dévore en secret:

Tant à la race humaine elle porte intérêt !

Vingt soldats vétérans, mais non moins formidables,

Défendent du château les abords redoutables,

Et d'un œil furieux plongeant du haut en bas,

Oppriment tout Paris qui ne s'en doute pas.

L'oppression s'accroît. La garnison valide

Arme ses vieux fusils d'une poudre perfide,

Et semble, sous le poids du tube menaçant,

Prête à lâcher son coup sur le peuple innocent.

Le peuple cependant s'inquiète, s'anime.

Attroupé dans la rue et bien sûr qu'on *l'opprime*,

Il menace d'abord de furieux discours

Le château, vainement flanqué de ses huit tours.

La Bastille comptant sur ses bases solides,

Résiste à ces discours encore qu'intrépides.

Contre elle on a recours à des moyens plus sûrs.

Cent mille combattans environnent ses murs.

Brusquement belliqueux, désertant sa boutique,

Le marchand se saisit vaillamment d'une pique

Dont il veut transpercer, spadassin éclairé,

Tout ami d'un pouvoir qui n'est pas pondéré.

Un poëte invoquant fièrement sa Bellone,

Furieux, veut aussi payer de sa personne.

Le sombre monument lui cause un juste effroi.

Il a le droit d'écrire aussi contre son roi.

De petits vers malins l'ont déjà fait connaître.

On a les yeux sur lui ; mille rimeurs peut-être,

3.

Expiant leurs bons mots contre les souverains,
Respirent l'air *impur des plus noirs souterrains.*
Il faut d'un joug affreux délivrer les lumières,
Sauver la poésie et la prose légères.
De fougueux orateurs aux gestes menaçans,
Pour voler à la gloire appellent les passans.
Les grâces, la beauté de la Halle échappées,
Respirant le carnage en tumulte attroupées,
Veulent aussi trouver dans les gouvernemens
Un parfait équilibre et des balancemens.
Un assaut se prépare, et sans les moindres pertes,
On avance, on arrive à des portes ouvertes.
O terreur! ô surprise! on juge avec raison
Que chaque porte ouverte est une trahison;
Que l'armée introduite avec ruse et mystère,
Par lettres de cachet peut périr tout entière.
Elle hésite et s'expose enfin à s'avancer,
En dépit du complot qui la laisse passer;

Et bravant la fureur des regards de vingt traîtres,
De la place à l'instant cent mille hommes sont maîtres.

Ainsi finit un siège à la hâte entrepris.
Les vainqueurs triomphans parcourent tout Paris,
Fiers de s'être exposés à des dangers extrêmes.
D'une gloire immortelle ils se couvrent eux-mêmes.
L'un a reçu pour vaincre un secours d'un écu,
Un autre ne sait pas même qu'il a vaincu,
Et demande raison de sa gloire inouïe :
Tant les grands conquérans sont pleins de modestie !

La Bastille conquise a sauvé les Français,
Et de leur monarchie on connaît les succès.
De tout l'esprit du siècle elle donne l'idée :
Et Dieu sait, sur *l'honneur*, comme elle était fondée !

FIN DU DEUXIÈME CHANT.

L'ART POLITIQUE,

POËME DIDACTIQUE.

~~~~~~

CHANT TROISIÈME.

LA RÉPUBLIQUE,

O qu'une république a de charmes pour moi !
Qu'il est doux de n'avoir de souverain que soi !
Heureuse la contrée aux mœurs républicaines
Où chacun de l'Etat à son tour tient les rênes ;
Où de fiers citoyens bons à tous les métiers,
Le matin font des lois et le soir des souliers ;

Où, tout en méprisant les grandeurs de la terre,
On est gonflé d'orgueil sous l'écharpe d'un maire!

J'ai connu ces plaisirs trop courts, trop fugitifs.
J'ai brillé dans les rangs des citoyens actifs.
Je n'ai brillé qu'un jour : c'est assez dans la vie.
Quel éclat! ma pensée en est encor ravie.
Citoyen *impromptu*, novice souverain :
J'avais les plus beaux droits, mais je manquais de pain.
La faim vint m'attaquer au sein de la victoire.
Un héros affamé juge mal de la gloire.
J'osai sous les lauriers, volontaire enchaîné,
Regretter l'esclavage, hélas ! où j'étais né.

Mes amis, s'il se peut, fixez votre existence
Aux lieux où dans la foule est la toute-puissance.
Partagez le pouvoir, embrassez le parti
D'un peuple de sa force à toute heure averti.

Ce bon peuple jamais de sa force n'abuse.

Interrogez Athène et Sparte et Syracuse;

Et sur ses plébéiens au Forum révoltés,

Interrogez surtout la reine des cités.

O salutaire effet d'une vive lumière!

Elle conduit toujours à l'état populaire,

Seul garant du bonheur promis au genre humain.

Demandez à Paris rendu républicain,

Demandez à la France, à vingt autres contrées

Par la démocratie en passant éclairées.

La nature partout tend au nivellement.

Que personne au niveau n'échappe impunément.

Le dernier vagabond est de votre famille.

Que le bourreau lui-même obtienne votre fille.

L'égalité se plaît à ces tendres liens

Dont il doit naître un jour des bourreaux citoyens.

Que la liberté pure ait votre pur hommage.

Aimez-la sans réserve et jusques à la rage.

Pour rendre ses bienfaits, ses triomphes plus sûrs,

Ornez-en vos discours, tapissez-en vos murs;

Qu'à tous les coins de rue on ne rencontre qu'elle.

Accolée à la *mort*, elle en sera plus belle.

Que le bleu, que le blanc, au rouge réunis,

Brillent sur tous ses traits artistement vernis;

Que l'art imitatif dont le peintre s'honore,

Multiplie à l'envi sa beauté tricolore,

Et que sur le gros sou du clocher descendu,

Son aimable portrait brille en cuivre fondu.

Que vos écrits soient pleins de mots philantropiques

Embellis des vertus, base des républiques.

Du mot humanité faites votre profit :

Il est harmonieux et sonore : il suffit.

Le pauvre plein de goût quelquefois se contente
Des bienfaits d'une phrase arrondie et coulante.

Exigez que partout l'homme soit déchaîné;
Que rien ne l'embarrasse aussitôt qu'il est né;
'Qu'il trouve en ouvrant l'œil, son enfance affranchie;
Qu'il ne soit pas moins libre en sortant de la vie.

Placez la liberté près des maisons d'arrêt.
Par cet heureux contraste elle aura plus d'attrait.
Un peu d'obscurité dans un air méphytique
Au grand jour, à l'air pur, ajoute un prix unique;
Telle la république emploie en ses travaux
Le secret des beaux arts, les ombres aux tableaux [1].

Etendez votre amour pour les races humaines
Jusques aux régions barbares et lointaines.

4

Nous avons admiré nos chers républicains
Dans leurs sensibles cœurs portant les Africains.
Tel Brissot, amoureux des plus noires familles,
Trouvait de l'amertume au sucre des Antilles.
Les noirs ont tant de droits à nos soins vigilans !
Au principe sachez immoler quelques blancs.

Que tout être à l'Amour, à l'Hymen sacrifie,
C'est le vœu le plus doux de la Philosophie.
Garnissez notre globe à vos calculs livré,
De tant d'individus par espace carré :
Sauf à les élaguer..... Il est plus d'une voie
Pour affranchir la terre en cas qu'on s'y coudoie,
Et la philantropie a toujours dans sa main
Sur ce point des secrets bien chers au genre humain.

Pour vous représenter avec gloire et sagesse,
Préférez ces amis de Rome et de la Grèce.

Modernes Grecs surtout, ils en défendront mieux
Vos intérêts sacrés dont ils sont amoureux.
Notre siècle fécond voit en chaque commune
Naître un Solon champêtre, espoir de la tribune;
Des milliers de Numa, gros des plus belles lois,
D'un peuple d'électeurs attendent l'heureux choix.

Allez dans les greniers déterrer le mérite.
C'est là que des docteurs on rencontre l'élite.
Des ports de mer pourraient vous fournir au besoin
Des patriotes vrais et marqués au bon coin.
Quelques talens naguère ont brillé davantage,
Echappés des travaux où la marine engage.

Le peuple cependant, pour plus de sûreté,
Doit surveiller toujours quoique *représenté*.
Partout la trahison se glisse avec adresse.
Un vrai républicain se croit trahi sans cesse.
Il justifie ainsi ses fautes, ses revers,
Trop heureux de s'en prendre à ce *traître* univers!

Faites tout pour servir, charmer la multitude.

Comptez sur son amour et sur sa gratitude.

Flattez toujours le peuple, et soyez assuré,

Qu'il n'est jamais coupable, et qu'il n'est qu'égaré[2]

Que ses *égaremens* ne soient jamais des crimes.

Les torts sont tout entiers du côté des victimes !

Ainsi nos émigrés, aux yeux d'un siècle d'or,

Par trente ans de malheurs sont coupables encor.

Punissez doucement des fautes passagères.

Gardez-vous d'envoyer des *erreurs* aux galères.

De la philosophie apprendrez-vous en vain,

O chrétiens endurcis, le grand art d'être humain?

Faites preuve partout d'un esprit de méthode,

Rendez le mariage un lien plus commode.

A la beauté, féconde avant le sacrement,

Donnez un prix d'honneur et d'encouragement.

Proscrivez la pudeur, et qu'un décret terrible
Enjoigne au cœur humain d'être tendre et sensible.
Ainsi de Melpomène un sage précepteur
Recommande à la fois l'amour et la terreur.

Décrétez, pour charmer les Etats populaires,
Des fêtes et des jeux à l'homme nécessaires.
On a vu le plaisir, devenu plus moral,
Se soumettre au système appelé décimal.
C'est assez d'être heureux et libre de misères
Une fois en dix jours par des jeux décadaires;
Que si des malveillans parfois infortunés
Répugnaient au plaisir, qu'ils y soient condamnés.
Le jour où l'on doit rire, empêchez qu'on ne pleure.
Le plaisir ou la mort : qu'on s'amuse, ou qu'on meure. ²

Que le pouvoir divin soit aussi limité.
Donnez-un contre-poids à la divinité;

Et que toujours soumise à votre surveillance,

Avec nos libertés son culte se balance.

Défiez-vous surtout d'un perfide clergé

Dépouillé vainement, vainement égorgé.

Il ne meurt point : sa voix que le *vulgaire* adore,

Proclame des erreurs redoutables encore.

Il est l'ami des rois, ils cherchent son appui;

Ebranlés sur leur trône, ils espèrent en lui.

Il se rit dans sa foi robuste et soutenue,

De la sagesse humaine au comble parvenue.

De la philosophie il traite avec mépris

Les immenses bienfaits élégamment écrits;

Il regarde en pitié ses sciences exactes,

Son style bienfaisant, ses chefs-d'œuvre compactes;

Il méconnaît nos droits, insensés à ses yeux,

Droits si bien garantis, définis encor mieux;

Et, pour comble d'audace, il insulte, il résiste

A la *sagesse* même, aujourd'hui journaliste.

Philosophes français, j'admire la terreur
Que vous inspire encor le grand inquisiteur,
Et l'inquisition toujours si furieuse.
Ah! que votre éloquence est belle et courageuse!
O que j'aime à vous voir, de vos plumes armés,
Combattre des fagots si souvent allumés !......
Certes, le Saint-Office à bon droit vous effraie
Près d'une *liberté* toujours aimable et gaie ....

De la démocratie admirez les douceurs,
Quand sur un échafaud entouré d'électeurs,
Le démocrate même au travers du visage,
Reçoit quelques cailloux précurseurs d'un suffrage ;
Et quand son sang captif, jaillissant de son né,
Accuse un coup de poing librement assené.
O, qu'un représentant représente avec grace,
Mandataire siégeant de par la populace,

Alors qu'il a senti, fortuné candidat,
D'honorables soufflets confirmer son mandat!
Un plaisir inconnu se mêle à ces outrages,
Et le calme vaut moins que de pareils orages.

Qui n'a pas admiré les importans débats
Des grands républicains dans les petits Etats!
Genève quelquefois a vu ses magnifiques
En proie à la vertu, base des républiques,
Et forcés de céder aux violens succès
Du peuple souverain *vertueux* à l'excès :
Heureux quand une grande et paisible puissance
Arrivait au secours de leur *magnificence !*

Gênes brilla long-temps : tantôt de ses bourgeois,
Capitaines du peuple, elle suivait les lois ;
Tantôt ingénieux à *secouer ses chaînes*,
Son peuple en podestats changeait ses capitaines.

Volage , il essaya toutes les libertés ,

Changea vingt fois de code et de *prospérités*.

La liberté sans cesse excitant ses caprices ,

Il en put cinq cents ans essuyer les délices.

La *Superbe* accepta le joug de l'étranger.

Elle reçut des fers , mais pour s'en dégager :

Doux passe-temps du peuple, alors qu'il se *dégage*

Au prix d'un peu de sang et d'un peu d'esclavage !

Cultivez la *raison*, aimez la *vérité* :

Ce culte convient seul à votre dignité.

Le monde avec plaisir a vu les gentillesses

De ces abstractions qu'on a faites déesses.

Qui peut ne pas songer avec émotion

Aux beaux jours où la France adora la Raison ?

Quelle Raison , bon Dieu! la charmante Aspasie

Pour la représenter à Paris fut choisie. ⁴

Aux *écoles des mœurs* elle avait débuté,

Chantant sur les tréteaux l'amour, la volupté.

Tendre dans la coulisse ainsi que sur la scène,

Ne méritant jamais le titre d'*inhumaine*,

Divinité propice aux mortels amoureux,

Ils allaient l'adorer et revenaient heureux.

La Finance, l'Epée et la Magistrature,

Avaient d'égales parts à sa tendresse pure.

J'ai vu cette Raison affrontant les regards,

Etalée en public à l'aide de brancards,

Fille pleine de joie, à la grecque vêtue,

Déesse de loyer, triompher dans la rue .....

On a vu les plaisirs des peuples souverains,

Ma Muse en veut aussi raconter les chagrins.

Naguère du Texas les plaines solitaires,

Champ-d'Asile, ont reçu des amis et des frères,

Amans de la nature, ennemis des tyrans,

Jaloux des droits de l'homme en Europe expirans.

Sur un sol vierge encor, dans l'immense Amérique,

Ils voulaient d'une heureuse et sage république,

Donner à l'univers l'aspect intéressant.

La vertu présidait à leur Etat naissant.

Ils avaient décrété dans leur législature,

L'Egalité parfaite et la Liberté pure.

Les airs avaient reçu leurs sermens les plus fiers

De vivre et de mourir libres comme les airs;

De ne souffrir jamais les fers, honteux partage,

De l'Europe vieillie au sein de l'esclavage;

Loin d'eux les rangs hautains élevés par l'orgueil;

Point de prêtres autour du berceau, du cercueil,

Encor moins de l'hymen que le seul Epicure

Devait *enregistrer*, *agent* de la nature.

Victimes, il est vrai, d'un stérile séjour,

Des compagnes, hélas, manquaient à leur amour:

Mais leur amour songeait aux peuplades voisines.
Un peuple entreprenant épouse des Sabines.
Paris allait peut-être, entendant leurs soupirs,
Adresser quelque jour à leurs chastes désirs
Un essaim des beautés, par état attendries,
Honneur de nos pavés et de nos galeries.
Des amis libéraux leur formaient un trésor
Lequel ne devait pas leur parvenir encor :
Mais enrichis d'espoir, leur sort était moins triste,
Et de leurs bienfaiteurs ils dévoraient la liste.
Dans leurs besoins urgens attendris, satisfaits,
Ils trouvaient quelque charme à lire des bienfaits.

Une ville est tracée au milieu des bruyères.
On n'y voulait souffrir que le toit des chaumières;
Des palais, entachés de féodalité,
Ne devaient point souiller l'innocente cité,

Non plus que les lieux saints où l'homme *fanatique*

Va chercher les secours de la foi catholique.

Un théâtre suffit aux robustes esprits,

Qu'avec magnificence un grand siècle a nourris.

Des murailles déjà s'élevaient alignées

Pour l'*école* où les *mœurs* allaient être *enseignées*.

Paris devait encor faire d'heureux envois.

Des artistes formés, en tous genres d'emplois,

Venaient d'être engagés : la première corvette

Pouvoit expédier Orosmane et Lisette,

Arlequin, Mahomet, Jocrisse, Agamemnon;

Une jeune première, un premier violon,

Tous les sujets enfin dramatiques, lyriques,

Garans des bonnes mœurs chères aux républiques.

L'Amérique à bon droit s'étonne cependant

Qu'un peuple faible encore ose être indépendant.

5

Déjà pour le soutien de cette indépendance,

D'une force publique on *décrète l'urgence.*

Cinquante Romulus à la légère armés

Et du *meilleur esprit*, comme on dit, *animés,*

Formant un *mur d'airain* autour de la patrie, [5]

Menacent l'univers de toute leur furie,

S'il osait quelque jour, insultant à leurs droits,

Souiller leur territoire à la suite des rois.

Tout marchait à grands pas dans la future Athènes,

Et déjà sa splendeur datait de trois semaines,

Quand un sous-lieutenant d'un piquet escorté,

Castillan ennemi de toute liberté,

Sur les libres héros lève un sabre coupable

Subversif à l'instant, d'un ordre *impérissable.*

Les principes en vain sur leurs bases posés

Sont avec éloquence au vainqueur opposés :

O du sous-lieutenant ignorance stupide !

Il oppose au principe un instrument perfide,

Où quatre indépendans...plaignons leur sort, hélas!

Puisqu'ils étaient Français....Mais un si beau trépas

Chez les républicains à jamais les honore,

Et leur haute *infortune* est glorieuse encore.

FIN DU CHANT TROISIÈME.

L'ART POLITIQUE,

POËME DIDACTIQUE.

~~~~~~

CHANT QUATRIÈME.

LE POUVOIR ABSOLU.

———

Au vrai républicain ma Muse s'intéresse,
De sa mâle vertu j'admire la souplesse.
Quand son intérêt parle, il est humble, soumis.
Les despotes n'ont pas de plus tendres amis.
Tantôt, pour assurer l'honneur de sa Lucrèce,
Il voudrait des Tarquins anéantir l'espèce.

5.

Au nom seul de monarque il trépigne enragé
Sous les fers odieux dont il se croit chargé.
Tout à coup dépouillant cette vertu sauvage,
Il se courbe avec grâce aux mœurs de l'esclavage.
Sa vertu se marie aux crimes d'un tyran.
L'inflexible Brutus daigne être chambellan.
L'or, naguère si vil, l'apprivoise et le tente;
Il tend à la fortune une main caressante,
Et des distinctions l'ennemi déclaré,
Montre un sein orgueilleux de rubans chamarré.

Au pouvoir absolu si vous voulez atteindre,
Adroit Caméléon, connaissez l'art de feindre.
Du mot de *liberté* par un heureux détour,
Poursuivez les tyrans pour l'être à votre tour.
César, si cher d'abord au parti populaire,
N'en parvint que plus vite à subjuguer la terre.

Adulateur du peuple et souple plébéien ,

Avant d'être Empereur, il fut *bon citoyen.*

Néron , doux philantrope, arrivant à l'empire ,

A des arrêts de mort répugnait de souscrire ,

Et regrettait, forcé de punir pour régner ,

D'être trop habile homme et de savoir signer :

Mais il connut bientôt, dégagé de scrupules,

Ingénieux bourreau, les vaisseaux à bascules. [1]

Des noyades, du fer, et de Locuste aidé ,

Il eut tout le pouvoir que la *crainte* a fondé.

Vous arriverez donc au parfait despotisme

Par le chemin frayé d'un vertueux civisme,

Et les peuples, vers vous doucement entraînés,

Tendront les mains aux fers que vous leur destinez.

Affectez du dégoût pour le pouvoir suprême

Conquis par le secours d'un heureux stratagème.

Et dès lors consultez vos sujets en amis.

Demandez-leur un vœu *bien librement* émis :

Mais pour y prévenir un dangereux caprice ,

Qu'ils votent surveillés par la haute police.

Le despotisme est né sous un soleil brûlant,

Prenez pour professeurs Gengis et Tamerlan , [1]

Publicistes profonds que la terre usurpée

A vus portant un code au bout de leur épée.

Vous apprendrez comment , constitués par eux,

Cent peuples ont subi leur joug impérieux ;

Comment aux nations stupéfaites de crainte

Par le fer et la flamme on interdit la plainte ;

Comme on peut à la mort, ivre d'ambition ,

Au seul nom de conquête, au seul bruit du clairon,

Entraîner , *pour remplir de hautes destinées ,*

Des générations dans leur fleur moissonnées.

Puisez dans l'Orient ces maximes d'Etat

Qui peuvent sur le trône élever un soldat.

Consultez Mahomet. Sachez comme on emploie
A propos le lacet ou le cordon de soie :
Doux présent qu'un bon Turc reçoit dévotement,
A s'étrangler lui-même invité poliment.

Lisez Machiavel. Son livre est un grand maître:
Son *Prince* vous dira comment vous devez l'être,
Et d'abord comme on doit, sur un trône usurpé,
Etre toujours trompeur, pour n'être pas trompé.

Ayez des sénateurs tout prêts à reconnaître,
S'il le faut, pour confrère un cheval de leur maître. —
Ainsi Caligula, par des raisons d'Etat,
Avait d'un animal augmenté son sénat.

Qu'un grand corps généreux, à vos bienfaits sensible,
Vous livrant de l'Etat tout le sang *disponible*,
Nous prouve que ce sang doit s'estimer heureux
De couler pour vous faire un destin glorieux.

L'ART POLITIQUE,

Qu'il épuise pour vous avec idolâtrie,

Les termes de l'éloge et de la flatterie,

Et qu'à chaque quartier de pension reçu,

Il vous transforme en dieu des dieux même issu.

Le moment est venu : faites pour nôtre espèce

Eclater votre amour dans toute sa tendresse.

Faites faire en courant de climats en climats,

Un utile exercice à vos nombreux soldats.

Semblable à nos forêts par la hache immolées,

L'homme veut être aussi mis en *coupes réglées*.

Des ardeurs du Midi jusqu'aux glaces du Nord,

Partout il est jaloux de voler à la mort.

Songez à votre gloire : elle doit être assise

Sur la *chair à canon* légalement requise.

Vous n'en pourrez pas moins de votre *humanité*

Entretenir parfois le monde ensanglanté.

Couverte de cyprès, la gloire est encor belle ;
Tant d'hommes destinés à s'égorger pour elle ;
Le cri de leur douleur qui n'est point entendu ;
Le *printemps de l'année* en cent combats *perdu*, [3]
Eh ! qu'importe ? aisément sur un trône on oublie,
Muni d'un cœur d'airain, les maux de la patrie :
Cent mille hommes gelés, aux yeux d'un esprit fort,
Quand il a les pieds chauds, ont aussi quelque tort.[4]

Cependant, pour fonder de jeunes dynasties
D'origine bourgeoise et du hameau sorties,
Vous devez attaquer et détruire les droits
De tous les souverains nobles enfans des rois.
Léur race que le ciel a vainement choisie,
Doit le céder enfin à votre bourgeoisie.
Il n'importerait pas que vos obscurs aïeux,
Recors, huissiers à verge, *exploitans en tous lieux*,
Aient mis sur le carreau la couchette ou les hardes
D'un malheureux trahi par ses dettes criardes.

Que dis-je? tout mortel, quand tout est nivelé,
Semblé par la nature à régner appelé.
L'empereur de Trévoux, malgré ses mœurs grossières,
Souverain en sabots enchantait les chaumières. 5
Pour aider son génie aux projets les plus grands,
De son peuple fidèle il empruntait six francs.:
Malheureux ce monarque en sa marche inquiète,
D'être tombé du trône, hélas! sur la sellette,
De voir tous ses honneurs à Toulon traversés
Et ses sceptres divers par la rame éclipsés.

Cherchez vos alliés et vos auxiliaires
Dans les rangs tout puissans des rois à *parts entières;*
Pour régner avec grâce empruntez le savoir
De ces princes d'un jour ou monarques du soir.
Apprenez à porter, vous carrant sur un trône,
Le fer ou l'or massif d'une double couronne.

Des tyrans de la scène imitez les transports.

Régnez la tête haute et les pieds en dehors,

Et pour votre costume, implorez à votre aide,

Manlius ou Néron, Macbeth ou Nicomède. 7

Vous pourrez perdre alors avec art façonné,

Cet air gauche et commun d'un bourgeois couronné.

Ayez pour seconder vos vastes entreprises

Un droit des gens conforme aux lumières acquises;

Qui pourrait y nier un progrès plus qu'humain,

Quand on a lu Sieyès, Grégoire, Benjamin?

Par eux sont éclipsés à force de lumières,

Grotius, Puffendorf, Hobbes et leurs confrères.

Feuilletez leurs écrits où brillent des lueurs

Propres aux plébéiens ainsi qu'aux empereurs.

A leur métaphysique il faut qu'on se confie.

On en gouverne mieux les peuples qu'on ennuie.

Leur style a des secrets du vulgaire ignorés :

Il sied bien d'être obscur aux hommes éclairés !

6

Un logogriphe ajoute aux bienfaits d'un principe,
Et faisait dans la Grèce aimer les lois d'Œdipe.

Vous-même en écrivant formez l'opinion.
Le style d'un tyran est toujours assez bon. 8
La police fera réussir vos ouvrages
Par les agens lettrés qu'elle prend à ses gages.

Redoutez tous les jours de sinistres projets.
Jusque dans leur ménage épiez vos sujets.
Que même leur pensée y soit en surveillance.
Sans vos ordres exprès que personne ne pense :
La pensée ose prendre un dangereux essor,
A l'ombre des cachots elle conspire encor.

Remplissez les salons d'espions agréables,
Traîtres à tant par mois, bourreaux de leurs semblables,
Dénonçant à leur maître avec fidélité
Le dîner dont ils ont partagé la gaîté.

Les lettres ont surtout besoin qu'on les surveille,

Redoutez même encor le poëte Corneille.

Des beaux vers dont sa Muse a frappé les tyrans

L'harmonie est coupable, et peut nuire à vos plans.

Que ces vers dangereux, échappés de sa veine,

Soient cachés au parterre et proscrits de la scène.

En conspirations montrez-vous inventif.

Par elles on peut rendre un pouvoir plus actif.

Parfois notre police en ce genre est féconde,

Admirez les complots qu'elle révèle au monde.

Naguère cinq Français, au bord de l'eau surpris,

Brusques conspirateurs, étonnent tout Paris.

Le matin au café leur présence est suspecte,

Déjeuner est un tort que Meslier leur objecte.

La Seine les a vus sur ses bords alarmés,

Perfides promeneurs de badines armés,

Du jardin de leur prince assiéger la terrasse ...
Un cachot et des fers ont puni cette audace.
Vains supplices! sachez leur préférer la mort,
Ingénieuse à rendre un gouvernement fort.
La mort seule à la plainte interdit tout sophisme,
Et seule peut donner la vie au despotisme.

Mais Apollon répugne aux longs enseignemens:
C'est assez enseigner l'art des gouvernemens.
Un dernier épisode, offert à mon génie,
Avec plus de succès dira la tyrannie :
En vain sur le précepte on sème quelques fleurs :
L'exemple est plus heureux à charmer les lecteurs.

Echappé de la Corse aux jours de son enfance,
Un homme dont le nom effraie encor la France,
Y reçut un asile, aux dépens de l'Etat,
Dans un noble séjour, école du soldat.

Bientôt républicain, fièrement il prélude

A la haine des rois par son ingratitude,

Et d'une pentarchie instrument meurtrier,

On le vit de Saint-Roch foudroyer l'escalier.

D'heureux Parisiens sur ce champ de bataille,

Connurent, grâce à lui, l'héroïque mitraille.

Il vole, triomphant et de gloire enivré,

Au pays où l'ognon fut jadis adoré.

Il trompe avec bonheur des flottes ennemies,

Et va des Pharaons conquérir les momies.

Un Institut le suit : ses membres sont chargés

D'aller même au désert *saper des préjugés ;*

De porter au bedoin des lumières nouvelles,

D'avoir du bœuf Apis des portraits plus fidèles.

Le canon et le sabre aux enfans d'Osiris,

Font aimer les beaux arts débarqués de Paris.

L'Egypte se retrempe à de nouveaux systèmes

Qu'éprouvent dans Jaffa les pestiférés mêmes. 9

6.

Le héros prévoyant ; pour plus de sûreté,

Abandonne l'Egypte à sa félicité,

Et revient, méditant une grande victoire,

Dissiper une Chambre, abattre un Directoire.

Il obtient à bon droit l'honneur du Consulat,

Aidé d'un traducteur, surtout d'un avocat.

Mais ce n'est point assez pour sa gloire : il aspire

Au suprême pouvoir : il mérite un empire.

De l'égalité pure il a perdu l'ardeur,

Et le républicain se change en empereur.

Il ne s'arrête point encor dans la carrière.

Il songe à devenir empereur de la terre,

Et la terre qu'il feint de vouloir affranchir,

Sous son joug colossal semble prête à fléchir.

Des corps qu'il organise il se fait des égides,

Les uns rendus muets et les autres stupides.

Les monarques vaincus arrivent dans ses camps,

Il donne aux palfreniers des royaumes vacans ;

Distribue en passant des sçeptres, des couronnes,
Il visite, guidant ses profondes colonnes,
Vienne, Berlin, Madrid, Varsovie et Moscou....
Il allait visiter le Persan et l'Indou......

Le monde cependant, tout meurtri de ses chaînes,
Se lève et fait cesser tant de courses lointaines.
Huit cent mille soldats invitent le héros
A goûter les douceurs d'un innocent repos.
On prépare pour lui la demeure modeste
D'une île .....et de la terre il faut céder le reste.

Dans cet aimable asile il respire aujourd'hui
Étonné de la paix qui règne autour de lui.
Dans ses rêves l'Europe est asservie encore,
De *cent-jcurs* plus heureux il entrevoit l'aurore.
Il revoit ses conscrits en foule décrétés,
Joyeux au champ d'honneur, arriver garrottés.

Tout sert à le nourrir d'une juste espérance.

Ses serviteurs zélés, agens de sa puissance,

A leurs places rendus, triomphent hautement

D'avoir servi sa cause et trahi leur serment,

Tandis qu'à leurs côtés une classe fidèle,

Déclarée inhabile à cause de son zèle,

Victime d'un honneur sottement écouté,

Voit prodiguer l'outrage à sa fidélité.

Ses frères dont l'Europe est à tort affranchie,

Triomphent sur les quais par la lithographie,

Et partout, tantôt peints et tantôt ciselés,

Ils frappent les regards des passans consolés.

Le prince Canino de renommée avide,

Aidé de Charlemagne et de la Cernéide,

A la cause d'un frère intéresse Apollon. 10

Les puissances du Pinde et du sacré vallon

Menacent par l'effet d'une épopée immense,

D'endormir les Congrès et la Sainte-Alliance.

Des princesses du sang reines sur le pavé,

Fortes de leur pouvoir sur les cœurs conservé,

Peuvent faire mouvoir, par leur tactique heureuse,

En faveur du grand homme une armée amoureuse.

Il peut voir relever son empire abattu

Par l'amour de ses sœurs, fondé sur la vertu.

Ses amis cependant, le rappelant en France,

Lui semblent dangereux prêchant l'indépendance,

Et leur démocratie en ses égaremens,

Du pouvoir absolu détruit les élémens.

Ces fiers républicains qu'il voit se reproduire,

Voudront-ils reconnaître encore son empire ?

Pourront-ils de nouveau, rampans adulateurs

Et de l'Egalité par deux fois déserteurs,

Reprendre sous le joug des lois impériales

Les titres empruntés de nos mœurs féodales ? .....

Mais sur l'esprit du siècle il fonde son espoir.

L'intérêt y fait seul la règle du devoir.

Il compte humaniser des vertus trop divines,

Et par les majorats triomphant des doctrines,

Revoir à ses genoux, humiliés, vaincus

Et le comte Scevole et le baron Gracchus.

Ma Muse en arrivant au bout de sa carrière,

Contente d'elle-même et peut-être un peu fière,

Triomphait en secret.... mais quels événemens

Viennent de mes leçons saper les fondemens ?

Qui vient déconcerter le bonheur méthodique

Promis aux Nations par ma voix didactique ?

En dépit de mon art je me sens attendri,

Revoyant les enfans de notre bon Henri ....

A ce nom qu'on adore aux châteaux, aux chaumières,

Je sens rétrograder et pâlir mes lumières.

Des sentimens d'amour, dans mon cœur renaissans,

De ma philosophie étouffent les accens,

Et je vois s'ébranler, sous un poids qui l'accable

De mes pouvoirs divers la base *inéb anlable*.

Mon esprit que déroute un sentiment vainqueur,

S'écartant du principe, obéit à mon cœur.......

Adieu principe, adieu tous mes droits quej'abdique :

VIVE LE ROI ! voilà tout mon art POLITIQUE.

FIN DU CHANT QUATRIÈME ET DERNIER.

NOTES

DU CHANT PREMIER.

---

[1] PAGE 2, VERS 9.

L'abeille athénienne en vain avec douceur
D'un peuple imaginaire a rêvé le bonheur.

On donna à Platon dans son temps, outre le surnom de divin, celui d'*Apis attica*, Abeille athénienne : il propose entre autres choses, dans sa république, de former tous les ans pour un seul jour des mariages assortis au hasard.

[2] PAGE 2, VERS 11.

Le prince des pédants fait dans sa politique
Redouter au lecteur sa pesante logique.

Aristote fut surnommé *le prince des philosophes*.

7

Trop avare sans doute envers ses commettants,
Ah, jamais à l'égal de nos représentants,
Nous eût-il décrété, dans sa munificence,
Soixante mille lois pour gouverner la France !

Les députés de la constituante qui nous don-
nèrent généreusement tant de lois, et qui furent
si généreux du bien d'autrui, firent encore cadeau à la nation de leurs boucles d'argent le 20
novembre 1789. Ce fut un beau mouvement et
bien digne d'une assemblée qui préludait au règne
des sans-culottes. Je ne sais si les constituans se
débouclèrent sur-le-champ, et mirent leurs boucles
sur le bureau : cela eût ajouté beaucoup à la dignité de cette scène. Le ministre Roland, quelque
temps après, fit aussi cadeau de ses boucles pour
sauver la monarchie, et il se présenta chez le
roi avec ses souliers noués, et fait du reste comme
un cuistre : on trouva cela fier et magnifique.
Lady Morgan plaisante agréablement à ce sujet
les courtisans de Louis XVI qui blâmèrent cette
inconvenance. Ces pauvres courtisans avaient

bien tort de craindre quelque chose pour la monarchie confiée à un ministre républicain !

4 PAGE 7, VERS 15.

Une nymphe charmante, aimant la politique,
Egérie, inspirait le prince pacifique.

Plusieurs grands législateurs depuis Numa ont
été aussi inspirés par des nymphes : sans parler de
Théroigne de Méricourt qui inspirait tout le côté
gauche de la constituante , lequel côté a fait des
merveilles , Plutarque dit que Périclès s'attacha
à Aspasie, comme à une jolie femme très-savante en
politique, et qu'après la mort de Périclès, Lysiclès
qui n'était qu'un marchand de *bétail* devint très-
fort en politique , et le premier d'Athènes par le
commerce qu'il eut avec Aspasie. Le législateur
Legendre qui entra naturellement à la convention
en sortant d'une boucherie, fut inspiré par une jolie
bouchère qui lui *apparaissait* tous les soirs dans sa
chambre : c'est elle apparemment qui lui inspira
le bon mot qu'il dit à Dieppe à des républicains qui

se plaignaient de la rareté des subsistances : *Man-
gez des Aristocrates.*

Dracon en politique avança la science,
Athènes en reçut la bénigne influence.

On sait que les lois de Dracon étaient *écrites
avec du sang*, suivant l'expression de l'orateur
Demade. Lorsqu'on lui demanda les motifs de la
rigueur de ses lois, il répondit que les plus petites
transgressions lui avaient paru mériter la mort,
et qu'il n'avait pu trouver d'autre punition pour
les plus grandes. Dracon aurait mérité d'être
membre d'une convention nationale; du reste
l'histoire dit que le peuple lui jeta un jour au théâtre
tant de robes et de bonnets, suivant la coutume
du temps, qu'il en mourut étouffé. Je ne voudrais
pas garantir l'authenticité de ce fait, attendu la
difficulté qu'il y a d'assommer un homme avec
des robes et des bonnets. Il est probable que le
parterre y avait ajouté quelques cailloux. L'histoire ne dit pas tout.

6 PAGE 9, VERS 5.

Un publiciste heureux réformant la Genèse.

M. de Pradt, dans l'une des brochures sans nombre dont il a enrichi les deux mondes, nous a assuré que le *monde a été mis aux voix.* Voilà un plaisant système de la part d'un ex-archevêque. Il ne nous dit pas si les Dieux votèrent par assis ou levé, ou s'ils se servirent de boules blanches ou noires ; s'ils délibérèrent sous la présidence de Saturne ou de Jupiter ; sur le rapport de quelle commission et à quelle majorité l'univers entier fut décrété : cela méritait bien quelques explications. Ce n'était pas une bagatelle que de faire la constitution de l'univers, qui était assez belle, et qui a plus duré que celle de 1791.

NOTES

DU CHANT DEUXIÈME.

---

[1] PAGE 25, VERS 4.

Fiez-vous aux clartés de sa métaphysique.

Rousseau suppose, en remontant à l'origine des sociétés, un contrat social où chacun a été d'accord de mettre en commun sa personne et toute sa puissance individuelle sous la direction de la volonté générale, etc.; mais il convient lui-même, en commentant Grotius, que ce contrat ou cette convention suppose un peuple déjà constitué, puisqu'il y a eu délibération publique. Cela veut dire en propres termes que ce peuple a été constitué avant d'être constitué. Ici les antécédens supposent des antécé-

dens jusqu'à l'infini, et la métaphysique des pouvoirs tombe dans une véritable absurdité ; mais elle
n'en est que plus belle pour de certains esprits, et
ceux qui ont remonté aux sociétés primitives, tout
en déraisonnant de leur mieux, n'en conduisent pas
moins merveilleusement les sociétés modernes à
une belle fin.

Les principes du citoyen de Genève, dans son
écrit intitulé *Considérations sur le Gouvernement
de Pologne*, sont subversifs de tout gouvernement
monarchique ; il y professe le plus grand mépris
pour les couronnes héréditaires : il faut lire cet
écrit pour se faire une idée des théories démo-
cratiques de la philosophie moderne, et il faut
avoir vu les résultats de ces théories appliquées à
une grande et ancienne monarchie. Ce qu'il y a
de singulier, c'est que Rousseau commence ses
Considérations par déclarer qu'une bonne institu-
tion pour la Pologne ne peut être que l'ouvrage d'un
Polonais ou d'un homme qui ait bien étudié sur
les lieux la nation polonaise, et celles qui
l'avoisinent. Cela fait ressouvenir que le même
philosophe avait déclaré que son système d'édu-

cation était d'une exécution impossible. Pourquoi écrire un cours de politique et un cours d'éducation ?

     [2] PAGE 27, VERS 6.

Et contre les vaincus volant à la victoire.

Cela fait allusion à l'expression de nos grands publicistes qui, en parlant des hommes monarchiques, les appellent un *parti toujours vaincu.* Il paraît que les victoires de ces Messieurs n'ont jamais été complètes et ne le seront jamais, puisqu'ils sont toujours dans la nécessité de vaincre. Il faut plaindre ces pauvres vainqueurs malgré leur gloire et leurs triomphes continuels qui pourront les épuiser un jour, et puisque les innombrables victoires des bourreaux de 93 n'ont pas découragé les vaincus, ce n'est guère la peine de *vaincre* aujourd'hui avec des doctrines.

     [3] PAGE 27, VERS 10.

Ou quelques beaux esprits, pour d'aimables libelles.

Ce que dit le marquis de Dangeau dans ses

Mémoires au sujet de Voltaire est assez curieux :

« Le petit Arouet, poëte satirique et fort imprudent, a été exilé ; on l'envoie à Tulle, il est déjà hors de Paris, Mme de Genlis ajoute à cela : Ce petit Arouet, comme on sait, est Voltaire. Le régent n'était ni sévère ni intolérant ; il fallait être bien satirique pour se faire exiler sous la régence. »

Autre note de Dangeau.

« Arouet a été mis à la Bastille, c'est un jeune poëte aceusé de faire des vers fort imprudeus. Il avait déjà été exilé, il y a quelques mois ; il paraît incorrigible. »

⁴ PAGE 31, VERS 11.

La Bastille conquise a sauvé les Français.

Il n'y a rien eu de plus ridicule dans la révolution que les fanfaronades des anarchistes après la prise de la Bastille. C'eût été le sujet d'un poëme badin assez plaisant, si les fameux vainqueurs n'avaient été d'ailleurs pour la plupart les plus vils et les plus atroces des hommes. Il y a eu quelque chose de plus ridicule encore que ces fanfaronades : ce sont les déclamations philoso-phiques contre les *arrestations arbitraires*, contre les lettres de cachet, contre un vieux château où on a trouvé une douzaine de factieux et de libel-listes. Ces déclamations n'ont pas cessé même après que la Bastille a été remplacée par des milliers de *maisons d'arrêt*. Il est vrai qu'on n'y demeurait pas long-temps : on allait de là à la mort.

NOTES

DU CHANT TROISIÈME.

———

[1] PAGE 37, VERS 11.

Telle la république emploie en ses travaux
Le secret des beaux arts, les ombres aux tableaux.

JE ne sais quel philantrope a dit que la misère et les misérables étaient aussi nécessaires dans un Etat que les ombres dans un tableau.

[2] PAGE 40, VERS 3.

Flattez toujours le peuple, et soyez assuré
Qu'il n'est jamais coupable, et qu'il n'est qu'*égaré*.

Plusieurs écrivains, soit niaiserie, soit perfidie, ne voyaient que de l'égarement dans tous les crimes d'une populace effrénée. Cette populace dans tous

les coins de la France était tombée dans l'état de
barbarie le plus complet : pendant ce temps-là,
Condorcet écrivait un beau livre sur les progrès
de l'esprit humain chez une pauvre femme où il
se cachait pour éviter la mort; mais les progrès
furent si rapides, qu'il n'eut pas le temps d'achever, et qu'il mourut dans un cachot de la manière
la plus déplorable.

³ PAGE 41, VERS 14.

Le plaisir ou la mort : qu'on s'amuse ou qu'on meure.

On sait que du temps de la république française, ceux qui ne s'amusaient point ou qui avaient
l'air de ne point s'amuser les jours de décade,
étaient déclarés suspects. Du reste les républicains français ne faisaient rien qui ne fût appuyé
par l'exemple des Grecs ou des Romains, et ils
étaient toujours en règle à cet égard. On lit
dans Denys d'Halicarnasse que Lépidus, après la
conquête d'Espagne, ordonna de se réjouir sous
peine d'être proscrit. *Sacris et epulis d·nt hunc
diem, qui secus faxit, inter proscriptos esto.*

Un plaisant a dit qu'il fut rendu du temps de Cromwel un décret qui défendait de brasser de la bière le samedi de peur qu'elle ne *travaillât* le dimanche.

On dit qu'un ministre sous Buonaparte, recommandant à un préfet de donner quelques fêtes dans son département, ajouta plaisamment : L'empereur veut qu'on s'amuse, il ne badine pas.

4 PAGE 45, VERS 15.

Quelle Raison, bon Dieu! la charmante Aspasie
Pour la représenter à Paris fut choisie.

« La femme d'un imprimeur de Paris, nommé Momoro, sollicita et obtint la première l'honneur de représenter la Déesse de la Raison. Montée sur un char, elle parcourut demi-nue une grande partie des rues de la capitale. On y avait construit des reposoirs et des autels bien décorés sur lesquels la Déesse descendait de temps en temps et recevait les hommages et les adorations des sans-culottes ; cette fête fut célébrée de même dans les quarante quatre mille communes de France. On vit sortir tout à coup de l'écume de la révolution quarante quatre mille 'Vénus métamorphosées en autant de déesses de la Raison. » (*Note tirée d'un livre de M. le chevalier de Sade.*)

[5] PAGE 5o, VERS 5.

Formant un mur d'airain autour de la patrie.

Le *mur d'airain* a été une des expressions favorites de nos matamores révolutionnaires. Il n'y a pas un de leurs discours patriotiques où il n'y ait un *mur d'airain*. Leurs principes, leurs constitutions, leurs bras; tout cela formait un *mur d'airain* autour de la patrie. Buonaparte s'est servi aussi de ce rude mur, et y avait même joint une *barrière de fer* dans un discours au sénat. Dieu sait comme la patrie a été fermée hermétiquement à l'*univers entier* qui devait venir se briser contre l'airain et le fer en question! Ne serait-il pas prudent d'être quelquefois un peu modeste à cause des événemens qui finissent presque toujours par déconcerter les figures de rhétorique, qnand elles sont trop fières et trop magnifiques?

NOTES

DU CHANT QUATRIÈME.

---

[1] PAGE 55, VERS 7.

Mais il connut bientôt, dégagé de scrupules,
Ingénieux bourreau, les vaisseaux à bascules.

Tacite parle d'un vaisseau dont Néron ordonna la construction pour faire périr sa mère. Voltaire révoque en doute ce fait. Nous lisons dans un ouvrage périodique, écrit en 1805, les réflexions suivantes sur les doutes des philosophes.

« L'idée de ce vaisseau paraît à Voltaire dépourvue de toute vraisemblance. Il se récrie contre l'absurdité d'un pareil moyen. Il croit plutôt que le naufrage d'Agrippine fut un *pur accident* : il ne serait pas étonnant que dans quelques siècles,

8.

s'il se trouvait des apologistes de Carrier, ils ne prétendissent que les noyades ne furent aussi que de *purs accidens*. Les vraisemblances seráient encore plus pour eux que pour Voltaire ; car il est moins difficile de croire qu'un crime de cette espèce ait été commis pendant la nuit, que de penser que, pendant plusieurs mois, en plein jour, ce crime a été renouvelé par un tyran subalterne. Nous avons parlé de l'inconcevable légèreté de Voltaire dans ses dissertations : celle-ci en offre un exemple.

» Après que le philosophe a cherché à persuader que ce crime n'a pu être conçu par Néron, Tacite, dit-il, ajoute qu'on ordonna aux rameurs de se pencher d'un côté pour submerger le vaisseau. Mais des rameurs, en se penchant, peuvent-ils faire renverser une galère, un bateau même de pêcheurs ? Et d'ailleurs, ces rameurs se seraient-ils volontiers exposés au naufrage ? Ces -mêmes matelots assomment à coups de rames une favorite d'Agrippine qui, étant tombée dans la mer, criait qu'elle était Agrippine. Ils étaient donc

dans le secret : or, confierait-on un tel secret
à une trentaine de matelots? De plus, parle-t-on
quand on est dans l'eau?

» Il faut convenir que ce dernier trait est fort singulier. Tacite serait entièrement dépourvu de raison s'il prétendait que la favorite d'Agrippine parla
dans l'eau. Mais, pour peu qu'on examine le texte,
tout s'éclaircira. L'historien latin dit qu'Agrippine
se sauva à la nage : il y a tout lieu de penser que
ses femmes savaient aussi nager. Celle dont il
s'agit était donc sur l'eau, et non pas dans l'eau,
quand elle dit qu'elle était l'impératrice. D'ailleurs
comment les matelots auraient-ils pu assommer
à coups de rames une femme qui aurait été sous
l'eau? A supposer même que cela fût possible, ne
l'auraient-ils pas plutôt laissé se noyer?

» Le vaisseau d'Agrippine n'était point une galère
ordinaire. C'était un bâtiment destiné à se pro-
mener sur l'eau. Nous en ignorons la forme. Comment Voltaire peut-il donc affirmer que tous les
rameurs, se penchant d'un côté, ne pouvaient le
renverser? La complicité des rameurs s'explique

aussi facilement. C'étaient des hommes qui appartenaient à l'impératrice : or on sait que Néron avait gagné tous ceux qui étaient au service de cette princesse. On aurait autant de facilité à réfuter presque toutes les conjectures historiques de Voltaire. »

2 PAGE 56, VERS 6.

Prenez pour professeurs Gengis et Tamerlan.

Tamerlan punissait les rebelles en les faisant bouillir. Il fit placer un jour soixante-dix chaudières sur une fournaise, et soixante-dix rebelles périrent par l'eau bouillante.   (*Gibon.*)

3 PAGE 59, VERS 4.

Le *printemps de l'année* en cent combats *perdu.*

Tout le monde connaît cette élégante expression de Périclès. Il disait, en parlant d'une bataille où avait péri la plus brillante jeunesse d'Athènes, que *l'année avait perdu son printemps.*

Cent mille hommes gelés, aux yeux d'un esprit fort,
Quand il a les pieds chauds, ont aussi quelque tort.

Buonaparte, à son retour de Moscou, en se frottant les mains aux Tuileries, près d'un bon feu, dit spirituellement à ses courtisans : *il fait meilleur ici qu'à la Bérésina :* c'était une vérité exacte.

L'empereur de Trévoux, malgré ses mœurs grossières,
Souverain en sabots, enchantait les chaumières.

Un misérable a joué, il y a environ deux ans, le rôle d'empereur aux environs de Trévoux, et a fait quelques dupes parmi de bons villageois qui lui ont donné asile comme à Napoléon Buonaparte. On lira avec intérêt la lettre suivante à ce sujet. Elle est datée de Montmerle le 19 septembre 1817, et adressée à la Quotidienne.

Permettez-moi, Messieurs, de vous dire un mot de l'ex-empereur de Trévoux, dont vous avez

parlé dans votre numéro du 14 de ce mois. Je
vous assure que s'il n'avait pas été condamné, il
serait devenu un grand prince. Il ne lui manquait
que d'être encouragé au lieu d'être arrêté dans sa
course et dans un règne de cinquante jours environ ; il avait déjà fait bien du chemin et presqu'autant que s'il avait régné cent jours. Vous
n'avez pas d'idée de sa bonté et de celle qu'il m'a
particulièrement témoignée, ainsi qu'à ma famille.
Quand il daigna entrer chez moi, à la chute du
jour, au faubourg de Montmerle où je loge, je
me jetai à ses genoux, comme je le devais. Il
me releva tout de suite, en disant comme au son-
neur de cloches, à saint Paul de Varax : Relevez-
vous, *mon vieux ;* je suis un homme tout comme
un autre !

Peut-on rien dire, Messieurs, de plus honnête
et en même temps de plus libéral ? En effet, il ne
fut pas trop différent d'un homme ordinaire, et
il se prêta à la circonstance avec une familiarité
charmante, comme un simple particulier. Nous
n'avions pas grand'chose à souper. Il se contenta

de notre repas frugal, et au dessert il finit par
nous confier tous les secrets de l'Etat que nous
n'avions pas osé lui demander.

Après s'être ouvert à nous avec une confiance
sans bornes, il dit à ma femme qu'il espérait
bien avant peu la faire femme d'honneur ; à
quoi elle répondit, avec sa modestie ordinaire,
qu'elle était incapable de remplir une pareille
place, et que d'ailleurs elle ne s'en souciait pas,
parce que cela devait être bien difficile quand on
n'avait pas l'habitude de ces sortes de choses. Il
fut question de moi aussi pour remplir une place
à mon choix. Je lui dis que je n'aurais pas de ré-
pugnance à avoir la recette de l'arrondissement
de Montmerle ; mais l'empereur me dit que cela
n'était rien, et que j'étais fait pour quelque chose
de mieux. Il ajouta qu'il avait des projets sur
Montmerle, et qu'il en ferait un jour une de ses
bonnes villes : ce qui me flatta beaucoup, par
parenthèse, car je suis natif de Montmerle.

Ensuite il promit de faire de mes deux fils,
deux jolis pages de ses écuries. En attendant, il

leur donna à chacun une pièce de quinze sous dont ils furent si joyeux qu'ils se mirent à crier de toutes leurs forces : *vive l'empereur !* Un instant après, le bon prince nous pria de lui prêter quinze francs, s'il était possible. Les commencemens de règne, dit-il, sont un peu durs. J'allai sur-le-champ lui chercher les quinze francs en lui disant que je le priais de les accepter sans intérêt, et que j'étais trop heureux d'avoir cette occasion d'obliger Sa Majesté; à quoi elle me répondit : *Mon vieux*, je me rappellerai de ce trait. En effet, je suis sûr qu'elle se le serait rappelé sans le tribunal correctionnel de Trévoux.

Nous jasâmes encore plus d'une heure. Il sortit son porte-feuille, et il me fit voir plusieurs lettres timbrées de Maroc, d'Alger, de Constantinople, et de plusieurs villes orientales, où, après les complimens d'usage entre cousins et souverains, on lui offrait des troupes et de l'argent à discrétion pour recommencer et achever de suite la conquête de l'univers. Il était tard. Nous allâmes nous coucher. Sa Majesté s'échappa le lendemain de très-grand matin sans nous dire adieu, et emportant par distraction quelques petits effets qui étaient tombés sous sa main.

Jugez un peu de notre étonnement quand nous avons appris qu'elle était entre les mains de la justice de Trévoux, avec tous ses papiers où il y avait au moins cinq cent mille hommes tant cavalerie qu'infanterie et cinq cents millions qui n'ont pu la défendre contre une douzaine de personnes sans armes. Encore un empire culbuté dans ce bas monde! et l'empire de Montmerle, de Trévoux et autres lieux circonvoisins, en valait bien un autre.

Signé D'Indon,
fondeur de cloches,
à Montmerle.

⁶ PAGE 60, VERS 11.

Cherchez vos alliés et vos auxiliaires
Dans les rangs tout-puissans des rois à *parts entières*.

Buonaparte s'occupait beaucoup de théâtre et de comédiens. Il ne jouait pas trop mal la comédie lui-même. Il croyait encore régner sur la France en datant du Kremlin à Moscou un réglement

9

pour le Théâtre Français. Il ne se croyait pas tout-à-fait détrôné en *organisant* des rois de théâtre. Cicéron dit que Denys le jeune, chassé du trône de Syracuse, ouvrit une école à Corinthe pour conserver encore une espèce d'empire au moins sur les petits garçons.

Buonaparte écrivait à Kléber en quittant furtivement l'Egypte : « J'avais demandé plusieurs fois une troupe de comédiens. Je prendrai un soin particulier de vous en envoyer. Cet article est très-important pour l'armée et pour commencer à changer les mœurs du pays. »

7 PAGE 61, VERS 1.

Des tyrans de la scène imitez les transports :
Régnez la tête haute et les pieds en dehors,
Et pour votre costume inplorez à votre aide
Manlius ou Néron, Macbeth ou Nicomède.

On sait que l'ex-empereur a pris des leçons de dignité, de grâce et de costume d'un fameux comédien qui ne sortait guère et ne sort pas trop encore des rôles de Manlius, de Néron, de Macbeth et de Nicomède.

8 PAGE 62, VERS 4.

Le style d'un tyran est toujours assez bon.

Sa majesté corse mettait aussi des prétentions à écrire, et on pense bien qu'elle ne manquait pas autour d'elle d'hommes de goût payés pour trouver son style correct et sublime. On sait qu'elle rédigeait elle-même les fameuses notes du *Moniteur*, dont la bêtise est passée en proverbe, et où le ridicule des rodomontades le dispute à la platitude du style. M. Fiévée, qu'il est toujours bon de citer, dit dans sa *Correspondance politique et administrative:* Il y avait long-temps que les notes du *Moniteur* étaient l'objet de la risée de la France et de l'Europe, que Buonaparte croyait encore que les notes du *Moniteur* faisaient l'opinion publique en France et en Europe.

Il n'y a rien de plus curieux à lire dans la circonstance que la note suivante, soit qu'elle ait été écrite par Buonaparte ou par un de ses écrivains à gages :

« La paix du monde était le premier des vœux de l'empereur. La politique anglaise ne comprit

pas l'âme d'un grand homme. Aujourd'hui trou-
blés dans l'Indostan, humiliés dans les mers des
Indes, surpris avec autant de confusion que de
terreur dans les Iles-du-Vent; forcés de payer
des tributs et de rendre hommage à la générosité
de leurs vainqueurs; craignant partout nos flottes
et les flottes espagnoles; tantôt s'éloignant devant
elles, et tantôt les cherchant avec une incertitude
désespérante; rebutés de toutes les puissances
du continent; inquiets dans leur île où l'orage
s'approche, les Anglais peuvent enfin comprendre
le génie et la force du grand homme qui a demandé la paix... », et *qui l'a obtenue après la con-
quéte de l'île de Sainte-Hélène : ce qui est en effet
le comble du génie et de la force.*

9 PAGE 65, VERS 17.

L'Egypte se retrempe à de nouveaux systèmes
❧ Qu'éprouvent dans Jaffa les pestiférés mêmes.

On sait de quelle manière les pestiférés ont été
guéris.

10 PAGE 66, VERS 13.

Le prince Canino de renommée avide,
Aidé de Charlemagne et de la Cerneïde,
A la cause d'un frère intéresse Apollon.

Le prince Canino, Lucien Buonaparte, consacre
aux Muses les longs loisirs que lui laisse l'admi-
nistration de sa principauté ; il nous avait déjà
donné un poëme sur Charlemagne qui avait eu à
peu près autant de succès que la Caroleïde, voici
maintenant qu'il publie la Cerneïde. L'île de
Corse appelée autrefois Cernos, ayant été envahie
au douzième siècle par les Sarrasins, secoua leur
joug, et chassa les barbares. Tel est le sujet du
poëme.

(*Quotidienne*, 28 juin 1819.)

FIN DES NOTES.

PIECES FUGITIVES.

PIÈCES FUGITIVES.

———

Ces vers ont concouru pour le prix de poésie proposé par l'Académie de Lyon sur *le Retour des Bourbons*. Ils ont obtenu un accessit. Les vers qui ont remporté le prix sont de M. Montperlier, poëte lyonnais. Je désire de tout mon cœur qu'ils soient meilleurs que les miens. C'est la première fois que je me suis avisé de concourir pour remporter un prix. Je n'y retournerai plus.

———

Au jour de ma jeunesse, âge d'or de ma vie,
Un prince heureux encor régnait sur ma patrie.

Son trône, de splendeur, de gloire environné,
Etait l'appui du faible et de l'infortuné.
Souvent sa main royale allait avec mystère
D'une humble bienfaisance enchanter la chaumière;
Et ses plus doux plaisirs, dans le sein des grandeurs,
Etaient le soin touchant de sécher quelques pleurs.

Oh, quel doux souvenir près de lui me transporte!
Jadis vers l'Océan j'ai suivi son escorte.
Quel concert d'allégresse, et quels chants de bonheur
Retentissent encor jusqu'au fond de mon cœur,
Des flots tumultueux d'un peuple ivre de joie
De Paris à Cherbourg ont encombré la voie.
Jamais de plus d'amour et de fidélité
On ne vit sur la terre un monarque escorté.
Il conquit tous les cœurs.... oh, conquêtes bien chères,
Qui n'arrachèrent point des enfans à leurs mères !

Légitime héritier d'un sceptre glorieux,

Il semblait protégé par vingt rois ses aïeux.

Saint Louis, Henri quatre, au nombre de ses pères

Semblaient rendre sacrés ses droits héréditaires.

Ses titres remontaient à des temps inconnus.

Mais quels titres plus beaux que ses nobles vertus !

La fille des Césars, des peuples adorée,

Qu'à l'envi la nature et l'art avaient parée,

Aux beaux jours de Louis avait uni ses jours.

Leur cour était brillante entre toutes les cours.

D'illustres rejetons, de nouveaux fils de France,

Orgueil de la patrie, en étaient l'espérance .....

A quelles douces lois, sans plaintes, sans efforts,

Obéissait le peuple, humble sujet alors !

Heureuse nation ! quel joug pesait sur elle,

Si ce n'est des Bourbons la bonté paternelle ! ....

Qui les a dispersés sur le sol étranger ?

Siècle présomptueux, j'ose t'interroger.

Quel forfait ont *voté* tant d'hommes sanguinaires?
Oh, siècle, réponds-moi; sont-ce là tes lumières?
Quels vils attroupemens d'assassins *éclairés*,
Ont opposé leurs droits aux droits les plus sacrés,
Droits de l'homme et du peuple! étranges théories
Dignes des factieux ou plutôt des furies!

Qui dira les douleurs et les convulsions
De la France vingt ans veuve de ses Bourbons?
Quelle plume peindra ces furieux génies
S'estimant immortels parce qu'ils sont impies;
Visant, dans la fureur de l'innovation,
Malgré leur infamie, à la *perfection;*
Contens seulement d'eux dans leurs nouveaux
    systèmes,
Et trouvant des abus jusque dans les cieux mêmes.

Mais partout nos malheurs ont répandu l'effroi.
Le monde est ébranlé de la chute d'un Roi.

Les Rois sont chancelans ; leur antique puissance
Semble perdre un appui dans le trône de France.
Des monarques bourgeois, des valets couronnés
Donnent des fers honteux aux peuples consternés.
Ces majestés d'un jour, ces fils de l'anarchie,
A nos neveux déjà lèguent leur dynastie.
Leur pouvoir odieux menace l'avenir.
Leur vain règne commence et ne doit plus finir.
Brusquement affublés de la pourpre royale,
D'un ignoble pouvoir ils donnent le scandale.
Le garant du repos des peuples et des rois,
La légitimité perd ses augustes droits.
La force envahit tout : la fortune seconde
Les fureurs d'un soldat : le voilà roi du monde.
Le premier plébéien peut se croire appelé
Au trône le plus beau par lui-même ébranlé.
La morale publique est partout renversée,
Des plus affreux fléaux la terre est menacée ....

Qui peut briser le joug des peuples accablés?

Le retour des Bourbons si long-temps exilés.

La puissance rendue à ce sang tutélaire

Seule peut garantir le repos de la terre.

Le ciel de leurs malheurs interrompant le fil,

Les avait ramenés triomphans de l'exil;

Leur présence déjà consolait la patrie

Par sa longue infortune accablée et flétrie;

Elle semblait renaître aux accens si touchans

D'un père qui revient embrasser ses enfans .,...

Mais un nouveau forfait, une trame effrontée

Couvre d'un nouveau deuil la France épouvantée.

Louis se reposait sur la foi des sermens,

Jadis des vrais Français nobles engagemens.

Les sermens! L'homme instruit dans la nouvelle école

Croit-il à quelque chose, et tient-il sa parole?

Garder la foi promise est un vieux préjugé
Digne d'un temps barbare et dans la nuit plongé ;
Et le beau siècle où *brille une lumière pure,*
Honore la révolte et sourit au parjure ......

Ah, cachons s'il se peut à la postérité
Cent jours de perfidie et de déloyauté.
Accordons dans nos vers des palmes immortelles
Aux braves que leur Prince a retrouvés fidèles ;
Aux amis de la gloire et de l'antique honneur
Qui n'ont point déserté la cause du malheur ;
Qu'on n'a point vus courir, prêchant l'indépendance,
Au devant d'un tyran pour lui livrer la France.

Nos bons Princes enfin sont rendus à nos vœux :
Puissent-ils voir lever des jours moins orageux !
Puissent-ils oublier au palais de leurs pères,
Le chemin désolé des terres étrangères,

Et ne plus éprouver ce déplaisir mortel

De tous les cœurs bien nés loin du toit paternel!

Qu'ils règnent à jamais sur ces belles contrées,

Objet de tant d'envie et du monde admirées :

Mais qu'ils rendent long-temps sur un trône agité

Leur sceptre redoutable à la perversité;

Que le crime impuni redoublant d'insolence,

N'accuse plus lui-même une vaine clémence;

Qu'il frémisse, qu'il fuie, et la patrie encor

Plus fière de ses rois, reverra l'âge d'or.

HOMMAGE

AUX *TERRORISTES*

DE LA CHAMBRE DE 1815.

(Imprimé dans *la Quotidienne.*)

Nous entendons la voix du véritable honneur;
Tout Français à ce nom sent tressaillir son cœur.
La tribune française enfin s'est ennoblie,
Et ne retentit plus d'une faconde impie.
Et des *représentans* , dans l'ardeur de voter,
Ne nous déciment plus pour nous *représenter* ...

O changement prospère à jamais mémorable !
Le ciel a pris pitié d'un peuple misérable,
Malheureux *commettant* qui n'avait pu charger
Huit ou neuf cents commis du soin de l'égorger.

10.

Gloire à vous, députés de la royale France,

De la France rendue à sa noble existence.

Le peuple vous bénit quand le trône aujourd'hui ,

Trouve en votre sagesse un honorable appui ;

Quand du sol des Français vous faites disparaître

D'infâmes factieux assassins de leur maître ;

Quand vous faites entendre une éloquente voix

Redoutable aux pervers, vengeresse des rois.

Poursuivez, sauvez-nous de tant d'erreurs nouvelles;

Puissent les factions disparaître avec elles!

Ramenez parmi nous tous les bons sentimens,

Gloire de nos aïeux, honneur du bon vieux temps.

Ah, si tant de docteurs ménagers de leurs peines,

Voulaient des nations abandonner les rênes ;

Reprendre le souci de leur petit foyer ;

Au lieu de l'univers, gouverner leur grenier;

Si, rendant leur estime au métier de leurs pères,
Ils voulaient désormais y borner leurs lumières,
Enfouir leur génie au village natal,
Hélas, cet univers en irait-il plus mal?
Quelle étrange manie a dans nos jours si tristes,
Fait de tant de goujats d'insolens publicistes ?
Comment aux descendans glorieux de Henri,
A leur aimable cour, au Roi le plus chéri,
A-t-on vu succéder une foule abrutie,
De bandits acharnés à sauver la patrie ?
Comment un peuple heureux et du monde admiré,
A-t-il subi l'affront d'être *régénéré* ?......

Ah, vous triompherez, si le ciel vous seconde,
De ces perfections qui désolent le monde ;
De ces fiers redresseurs d'abus, de préjugés,
Du pauvre genre humain amateurs enragés;

Vous saurez affranchir notre belle contrée
De ces *principes purs* qui l'ont déshonorée....

Parlez de nos devoirs plutôt que de nos droits.
Ne vous séparez pas de la cause des rois.
Défendez-les toujours contre ces théories,
De toute autorité perfides ennemies ;
Contre ces raisonneurs si prompts à définir,
A peser les pouvoirs pour les anéantir :

Que nos Bourbons enfin, *nos sauveurs, nos refuges,*
N'aient pas tous leurs sujets pour tuteurs et pour juges,
Et qu'ils soient, en dépit des principes du jour,
Tout puissans par les lois comme par notre amour.

SUR LES LIEUX COMMUNS
EN POÉSIE.

ÉPITRE A IRIS.

Au nombre des fléaux qui désolent la vie,

Je mets les lieux communs de notre poésie.

A les ouïr, partout les princes condamnés

Ne sont pas des mortels les moins infortunés.

Heureux l'homme caché sous un chaume rustique

Où ne pénètre point l'encens soporifique

De tant de mots usés, noblement ennuyeux !

Des sots peuvent se plaire aux riens harmonieux ;

Mais aux yeux du bon sens on ne saurait encore

Sauver une sottise en la rendant sonore....

O princes, ô grandeurs, dont le monde est jaloux,

Sur un trône, un moment, je m'asseois avec vous.

M'y voilà.(Comme moi des bourgeois pleins d'audace
Ont bien réellement usurpé cette place.)
Je commande aux mortels : à peine je suis roi,
L'ennuyeux lieu commun se traîne devant moi.
On me connaît à peine, et déjà plein de *gloire*,
Je suis porté tout vif au temple de *mémoire*.
Ne valant rien encor, je suis plein de *valeur*,
Et n'ayant rien vaincu, je porte un *bras vainqueur*;
Que si d'un écrivain j'encourage la veine,
Cette veine aussitôt dans l'Olympe m'entraîne :
Le malheureux me rend divin sans mon aveu,
Il comble la mesure, et je deviens un dieu....
Et j'avale à longs traits sa fade poésie,
Triste dieu que je suis, en guise d'ambrosie....

Pauvres filles du Ciel, ô Muses, chastes sœurs,
Trop de chants ont enfin désolé vos lecteurs.

Ennuyer l'univers est au rang des grands crimes ;
Mais il bâille surtout quand vous êtes *sublimes*.
Cet ennui qu'on avale en vers longs et pompeux,
Des ennuis d'ici bas n'est pas le moins fâcheux.
Moi-même mille fois, j'ai compromis le *monde*,
Par la nécessité de rimer avec l'*onde ;*
Et, dans un hémistiche, encadrant l'*univers*,
Je l'ai fait *tout entier* rimer avec mes *vers*.

. . . .

De plus, car il faut bien confesser tous mes crimes,
Mes *crimes* ont toujours enfanté des *victimes*,
Et je n'ai pu verser une goutte de *sang*,
Sans percer, comme un sot, quelque *généreux flanc ;*
Et, d'un alexandrin terminé par les *hommes*,
Je n'aurais pu sortir sans le *siècle où nous sommes*.
Je ne vous parle point de mille doux *plaisirs*,
Triste source d'ennuis, toujours joints aux *désirs*.
Je dois taire encor plus ces vains *éclats de foudre*
Que je n'ai fait rimer qu'en inventant la *poudre*.

Dirai-je, quand ma muse *argentait* les ruisseaux,
Quand, n'ayant pas un sou, je *dorais* les coteaux:
Dirai-je tout l'azur de ma veine appauvrie,
Tout l'*émail* que j'ai fait pousser dans la *prairie?*

O sotte poétique, ô joug trop rigoureux,
Imposé pour l'honneur du langage des dieux!
. . . .
Que si du lieu commun vous voulez voir, ma chère,
Parfois tout le pathos dans sa bêtise amère,
Hélas! chez Melpomène allez-vous-en le soir,
Assistez pour six francs à son long désespoir;
Allez d'une princesse essuyer les tirades,
D'un amour comprimé plates jérémiades;
Ecoutez, s'il se peut, le jargon redondant
D'un ennuyeux faquin appelé confident;
Lequel vous étourdit de ses douleurs exactes,
Des forfaits de son maître arrangés en cinq actes.

Mais où le lieu commun, comme en son élément,
Plus misérable encor, triomphe effrontément :
C'est dans le *tendre amour*, ce *doux tyran des âmes*,
Si glacé justement quand il parle de *flammes*,
Et dont les *tendres* soins augmentent de froideur,
Dans le *feu le plus vif* et la *plus vive ardeur*....
Ah ! ne redoutez plus mes feux, ma belle amie,
Vous n'avez plus à craindre une muse attendrie...
Je ne vous parle plus de vos *attraits vainqueurs*,
Si fades et sans doute admirables d'ailleurs ;
Je ne veux point encor, pauvre de rimes riches,
De vos *divins appas* farcir des hémistiches...

Dieu bénisse un bourreau poursuivant sa Psyché
D'un vers opiniâtre, à sa *proie attaché*,
Offrant pour trente sous, à la *terre étonnée*,
Une tendresse *in-douze* et de planches ornée.

II

Cependant l'univers, dans son *étonnement*,

Laisse l'*in-douze* aux frais du malheureux amant;

Lequel des lieux communs, victime ridicule,

N'est qu'un tendre imbécille, et se croit un Tibulle.

Mais dans les lieux communs je tombe encor, hélas!

Je songe, belle Iris, que vous n'existez pas,

Que vous êtes *en l'air;* que ma muse effrontée

Vous a, pour un instant, galamment inventée,

Pour vous faire écouter les fruits de mon loisir,

Qu'à des êtres réels je n'ose plus offrir...

Un de mes amis me pria un jour de
faire une Satire contre les Chiens. Il me
conta les motifs de plainte qu'il avait
contre eux, et je les ai mis en vers.

LES CHIENS.

SATIRE.

Absent, depuis vingt ans, de mon pays que j'aime,
Je venais le revoir plein d'une joie extrême,
Et mon cœur tressaillait, comme au temps des amours,
A l'aspect des beaux lieux qui virent mes beaux jours.
J'allais voir ma famille, hélas, un peu vieillie :
Elle était jeune encor dans mon âme attendrie.
Je descends de mon coche, et je trouve d'abord
Une sœur que j'embrasse avec un vrai transport ;

Mais ma sœur est bien loin d'être ainsi transportée:

D'un ennui violent je la trouve agitée;

Elle m'embrasse à peine, et j'ai lieu de penser

Que ce n'est pas ma sœur que je viens d'embrasser,

Qu'elle m'est étrangère, ou que du moins en elle

Trop d'absence a détruit l'amitié fraternelle.

Cependant, en entrant, tout me fait préjuger

Qu'un malade au logis est dans un grand danger,

Et je crains que du temps la faux si meurtrière

Ne menace déjà les jours de mon beau-frère.

J'interroge en tremblant ma sœur tremblante encor,

J'apprends qu'elle ne craint que pour les jours d'Azor.

—Azor! est-ce un parent, un neveu?—Non, mon frère,

C'est un chien, mais un chien à mon cœur nécessaire.

Ce matin, tout à l'heure, il courait, folâtrait;

Ce soir, il est mourant, et j'en meurs de regret.

Sa mère était anglaise, on l'appelait Cybèle.....

Ah! ce n'est pas un chien, c'est un ami fidèle.

Quand je sors un moment, il faut voir sa douleur,

Et puis ses amitiés à me fendre le cœur.

Si je vous racontais... mais non, c'est incroyable

C'est un chien, direz-vous, que je prends dans la fable.

Je veux vous en citer un seul trait, il est sûr;

Ce n'est pas de l'instinct, c'est de l'esprit tout pur.

Ma sœur m'allait conter diverses gentillesses

Du ridicule objet de toutes ses tendresses;

Alors je lui demande, avec un peu d'humeur,

A côté de son chien, une place en son cœur;

J'ajoute que, peut-être, il faudrait par décence

Me donner, sur Azor, un peu de préférence.......

Elle n'écoute rien; on vient, pour l'achever,

Dire que son ami semble prêt à crever,

Qu'il est à l'agonie..... Alors rien ne l'arrête,

Il faut qu'elle rejoigne, hélas, la pauvre bête.

Elle sort, je la suis, Je me trouve entraîné

Dans un bouge où gisait le chien infortuné.

J'aperçois un roquet qu'une bonne inquiète,

Comme un enfant chéri, gardait sur sa couchette,

Avec un vrai dédain, l'animal semblait voir

Sa maîtresse livrée au plus sot désespoir;

Il était d'une graisse énorme et dégoûtante,

Ses yeux étaient fondus et sa langue pendante;

Il avait pour tout mal une caducité,

Triste état qui détruit tout espoir de santé....

A son âge, Sophie, était la fleur nouvelle...

C'est ainsi que, jadis, j'apostrophai ma belle

Aux rives de la Marne où je gagnai son cœur;

Mais Azor, à seize ans, était-il une *fleur?*.....

Enfin l'œuvre du temps s'accomplit et s'achève,

Il faut que tout périsse, et le bien-aimé crève.

J'en eus quelque plaisir que je déguisai mal,

En frère un peu jaloux de ce pauvre animal;

Bientôt le plaisir cède aux craintes les plus vives;

Les douleurs de ma sœur deviennent convulsives.

Sa camariste et moi sommes presqu'étranglés.

De ses deux bras tordus et démantibulés;

Ses regrets sont de force à n'avoir point de trève.

Sous un saule pleureur elle veut qu'on élève

Un petit monument, *comme quoi* son ami

Dans les bras du trépas tel jour s'est endormi;

Comme quoi l'animal, honneur de son espèce,

Laisse un vide effrayant au cœur de sa maîtresse...

Cependant, pour charmer cette étrange douleur,

On amène Zizi, d'Azor aimable sœur,

Et la mienne inondant de larmes sa carline,

Semble quelques instans plus calme, moins chagrine.

Je maudissais les chiens, et sans doute à bons droits,

Quand sur moi trois mâtins s'élancent à la fois.

Ils sont couverts de boue , et leurs vives étreintes

Laissent sur mes habits douze pattes empreintes.

Mon beau-frère déjà me presse dans ses bras

De retour de sa chasse avec un grand fracas ;

Mais il veut prolonger en vain ses politesses ,

Ses chiens semblent jaloux de ses moindres caresses.

Il faut s'occuper d'eux, et j'apprends aussitôt

Les exploits de César, de Castor, de Rustaut.

Ces perfides exploits m'accablent de tristesse

Au moment où la faim me talonne et me presse.

J'invoque le souper vainement, et je voi

César, Castor, Rustaut, qui soupent avant moi.

Notre tour est venu ; j'ose espérer à table

D'avoir contre les chiens un asile honorable,

Vain espoir ! à l'instant les fâcheux animaux

Jusque dans mon assiette enlèvent mes morceaux.

Contre ces attentats lorsque je me récrie ,

Mon beau-frère aux éclats rit de l'*espièglerie*,

Et se vante d'avoir pour son amusement,

Les plus aimables chiens de l'*arrondissement*.

Cependant, de son mal ma sœur n'est point remise;

Elle vient d'éprouver une nouvelle crise.

Rien ne peut adoucir son déplaisir mortel :

Quant à moi, je m'en fuis du chenil fraternel;

Je vais me présenter à deux autres parentes;

Mais d'infâmes roquets, bêtes impertinentes,

Me désolent encor par un bruit déchirant,

Et sautent aux mollets du malheureux parent.

Enfin, partout je trouve une bête établie

Dans le cœur d'un parent, d'un ami, d'une amie.

Les bêtes, je le vois, dans ce siècle vanté,

Ont fait de grands progrès dans la société.....

Ah! je les laisserai jouir de leurs conquêtes.....

J'observe que les chiens ne sont pas les plus bêtes.

FIN DES PIÈCES FUGITIVES.

PIÈCES DIVERSES.

PIÈCES DIVERSES.

OEUVRES EN PROSE
DE M. MUSARD L'ÉMIGRÉ.

M. Musard, mon ami, m'a autorisé à recueillir quelques unes des lettres qu'il a adressées en 1814 et 1815 à *la Quotidienne*. Je les ai ajoutées à *l'Art Politique*, auquel elles ne sont pas étrangères.

3 juillet 1814.

Le Retour de M. Musard l'émigré dans sa famille.

Vous avez eu la bonté, Messieurs, de vous intéresser à ma radiation et à ma rentrée définitive en France après vingt-cinq ans de malheurs. Je sais que vous avez été attendris jusqu'aux larmes

12

de l'événement qui m'a fait rencontrer une fon-
taine d'eau limpide à la place de ma maison natale :
je vous sais bon gré de votre sensibilité; je vois
bien que vous êtes les meilleurs amis que j'aie en
ce moment-ci à Paris. J'y avais laissé, à mon dé-
part pour les pays étrangers, une famille assez
considérable; mais le temps en avait moissonné la
plus grande partie, et ceux de mes parens qui
vivaient encore, n'avaient voulu conserver avec
moi aucune espèce de relation, à cause de leurs
idées extrêmement *libérales*, qui ne s'accor-
daient point avec les miennes; et d'ailleurs ils se
seraient rendus suspects, en pensant à un parent
qui s'était réfugié en Angleterre, pays qui passait
alors pour notre *ennemi naturel.* Le sang cependant
criait toujours un peu en moi, et j'éprouvais un
besoin très-vif de revoir quelques uns des miens.
J'avais laissé une de mes cousines germaines, ma-
riée à un M. P., avocat. Il demeurait alors dans
l'île Saint-Louis. Je me suis transporté dans ce
quartier; mais il en avait déménagé depuis plus de
quinze ans; et ce n'est qu'après des démarches in-
finies que j'ai pu découvrir M. P. dans le quartier de la chaussée d'Antin. Mon premier soin ;

après l'avoir embrassé tendrement, a été de lui demander des nouvelles de ma cousine. « Votre
cousine, m'a-t-il dit d'un air un peu embarrassé, ne
demeure plus avec moi. Il y avait incompatibilité
d'humeur entre nous; nous avons divorcé depuis
plusieurs années : je la crois remariée ; mais je
n'en suis pas moins demeuré attaché à toute la famille, et j'espère que vous nous ferez l'amitié de
dîner avec nous : je vous présenterai d'ailleurs
deux enfans de votre cousine et ma nouvelle
épouse. » La nouvelle épouse arriva en effet à l'instant, dans le déshabillé le plus galant et le plus re-
cherché. Elle se jeta sur un canapé, comme une
femme qui meurt de fatigue, quoiqu'elle sortît du
lit. Elle avait la bouche entr'ouverte ; elle avait
les yeux à moitié fermés comme pour faire
croire qu'elle les avait d'une grandeur démesurée
quand elle les ouvrait entièrement. Comme elle
avait la vue extrêmement basse, elle ne me vit
pas d'abord ; mais aussitôt que son mari m'eut
présenté, elle me fit un petit mouvement de tête
plein d'abandon, et m'indiqua, avec un long bras
un peu maigre, qui voulait absolument avoir de la
grâce, un fauteuil où elle me permettait de m'as-

seoir. Elle fut occupée pendant plusieurs minutes
à se polir les sourcils. Je vis qu'elle cherchait à
me dire quelque chose d'aimable et d'ingénieux;
mais je n'étais pas fait pour l'inspirer sans doute :
elle ne put me dire autre chose, sinon qu'il devait
faire mauvais temps, à en juger d'après mes guê-
tres, qu'elle regarda d'un air un peu dédaigneux.
Je lui fis mes excuses de mon négligé, et je voulais me retirer, quand son mari me sauta, pour
ainsi dire, au collet, en me disant que si je ne dî-
nais pas avec lui, je lui ferais la plus grande peine,
et qu'il me faisait prisonnier à cet effet : « D'ailleurs il faut bien que vous fassiez connaissance
avec vos deux petits neveux. » Il fallut donc,
bon gré mal gré, me rendre à une invitation qui
me répugnait beaucoup, à cause de Mme P., à qui
elle ne répugnait pas moins, à ce qu'il me parut.

Mes neveux arrivèrent au bout d'une demi-
heure, et s'annoncèrent d'une manière un peu
bruyante, par des chants et des sifflemens. C'é-
taient deux petits garçons, dont l'un avait environ
quinze ans, et l'autre seize. Ils avaient l'uni-
forme du lycée de ***, avec des chapeaux énormes
et menaçans, sous lesquels leurs petites têtes dis-

paraissaient presque tout entières. Leurs habits
étriqués étaient boutonnés hermétiquement du
haut en bas. Ils avaient une contenance hardie et
belliqueuse, qui me fit presque baisser les yeux.
Je les embrassai néanmoins tendrement : car ils
ressemblaient parfaitement à ma cousine germaine.
Je leur demandai des nouvelles de leur mère. Ils
me répondirent qu'ils ne l'avaient pas vue depuis
six mois. Je leur demandai à quel état ils se desti-
naient : « Ah ! mon oncle, me répondit l'aîné,
pouvez-vous me le demander ? j'aimerais mieux
mourir que de ne pas aller me battre, et j'espère
que cela ne tardera pas. — Vous voyez, me dit le
père, que ce sont deux petits gaillards. — Extrêmement gaillards, répondis-je. — Cependant,
mes petits amis, nous voilà en paix, Dieu merci,
et il faut espérer que nous n'aurons plus d'ennemis. — Plus d'ennemis, mon oncle ! comme vous
y allez ! Oh ! nous en aurons, ou nous verrons :
et les Autrichiens et les Prussiens, donc ? Ce sont
eux qui sont cause que... — Que nous avons été
les ravager pendant quinze ou vingt ans, n'est-ce
pas ? — Je n'entre point dans tout cela. Il faut

absolument que nous allions jusqu'au Rhin. — Vous tenez donc beaucoup au Rhin, mon petit ami? — Infiniment, mon oncle; c'est une limite naturelle. — Mais l'Océan est aussi une limite naturelle, et à ce compte, il n'y a pas de raison, mes chers petits neveux, pour que vous ne vous empariez pas du continent entier. — Eh! pourquoi pas? la France est faite naturellement pour être conquérante. » Là-dessus mes deux petits bons hommes se mirent à parler de l'équilibre de l'Europe, et à s'enfoncer dans toutes les profondeurs de la science publique, comme de vieux publicistes. Je leur demandai s'ils avaient appris tout cela dans leur lycée; ils me dirent que non, et que c'était tout simplement le fruit de leurs lumières naturelles... J'avoue que les lumières naturelles de mes neveux me firent peur, et elles finirent par m'imposer silence. Je dis à leur père, qu'il avait là deux jolis garçons, et qui promettaient beaucoup. « Ah! je vous en réponds, me dit-il d'un air fier; ils iront loin, ou je me trompe fort. —Les Français vont en effet fort loin, répliquai-je, dans ce siècle-ci; mais ils n'en reviennent pas toujours. » Là-dessus mes deux neveux voulurent me

chercher querelle, et le cadet me dit que si je n'é-
tais son oncle, j'aurais affaire à lui. « Il n'y a pas
d'oncle qui tienne, dit l'aîné ; mais je respecte
votre âge : vous insultez la nation française, et
nous sommes là pour la soutenir. — Pardon, mes
chers neveux; je vous demande pardon, ainsi
qu'à la nation française, qui a en vous deux fiers
champions. » De mon temps on aurait fessé deux
champions pareils ; mais je vois bien que tout a
furieusement changé, et que les lumières naturelles sont une belle chose...

Mad. P., qui avait pris un livre pendant notre
conversation, et qui s'était tenue couchée, se leva
sur son séant, et nous dit d'une voix languissante,
que nous lui avions fait un mal horrible à la tê e,
et que nous la ferions déserter avec nos discussions
politiques. Elle pria son mari de faire sortir ses
deux fils, dont les voix glapissantes lui avaient
écorché les oreilles. Ils sortirent, en effet, après
avoir levé les épaules devant leur belle-mère ; et
nous ne les revîmes plus.

On servit le dîner à six heures et demie. Je
mourais de faim. Dans le dîner tout était sacrifié
à l'agréable. Hélas ! le solide y manquait essentiel-

lement; tout consistait presqu'en hors-d'œuvres
ornés de fleurs et enjolivés le plus gracieusement
du monde. Les yeux étaient éblouis; mais mon
estomac eut lieu d'en être extrêmement mécontent, et Mad. P., qui n'avait jamais d'appétit, à
ce qu'elle disait, me servit comme un homme qui
n'en a jamais non plus. Du reste, tout se passa le
plus promptement possible. « Je vous demande
pardon, mon ami, me dit M. P. qui remarqua
mon étonnement : nous dînons un peu vite ; mais
que voulez-vous ? voilà l'heure du spectacle qui
approche, nous avons tout au plus le temps d'arriver aux Bouffes. Paris a cela de désagréable aujourd'hui, qu'on y dîne trop tard, et que les spec-
tacles commencent trop tôt; mais il faut nous faire
l'amitié de venir dîner avec nous les dimanches ;
nous n'allons jamais au spectacle ce jour-là. —
Oui, mon ami, dit Mad. P., mais nous y en-
voyons nos domestiques, et nos dîners ne peuvent
être guère plus longs. » Je compris ce que cela voulait dire, et je me retirai, en me promettant bien
d'aller souper quelque part, et en maudissant toujours une absence de vingt-cinq ans, qui m'avait
rendu étranger à toutes les mœurs nouvelles.

25 août 1814.

Comme quoi M. Musard l'émigré arrive à Naconne, et comme quoi il est étonné des changemens qui s'y sont opérés pendant vingt-deux ans.

Vous serez bien aises sans doute, Messieurs, d'apprendre que je suis arrivé à Naconne en bonne santé, le 23 du mois dernier. Naconne est, comme j'ai déjà eu l'honneur de vous le dire, un petit village où j'ai conservé une maison avec le vol du chapon tout autour. C'est là d'ailleurs où j'ai passé les premières années de ma vie, chez le curé du lieu où mon père m'avait placé pour me dégrossir, comme il disait, avant de me mettre au collége. Mon premier soin, en arrivant, a été de demander ce bon curé qui m'avait enseigné, tant bien que mal, à lire et à écrire : deux talens qui m'ont été bien utiles, bien agréables, je vous assure. On m'a dit qu'il avait quitté sa cure depuis long-

temps, et qu'il demeurait à deux portées de fusil
du village : je m'y suis transporté avec empresse-
ment. M. le curé, m'a-t-on dit, n'est pas chez lui
à l'heure qu'il est ; mais il va rentrer : vous trouverez sa femme et ses enfans. Bon Dieu ! sa femme
et ses enfans ! me suis-je écrié. Au même instant
j'ai vu paraître trois grandes filles et un petit garçon
suivis de leur mère, et je n'ai pas tardé à reconnaître dans cette mère une certaine Jeanneton qui, peu
de temps avant ma sortie de France, était entrée
chez le curé en qualité de gouvernante. Je n'osais
lever les yeux sur cette famille, tant j'étais peu fa-
miliarisé avec l'idée du mariage des prêtres, et tant
cette idée répugne naturellement à un chrétien !
L'embarras fut égal de part et d'autre. Le curé me
balbutia quelques mots sur les causes de son mariage, sur la nature qui *ne perd jamais ses droits...*
Je lui répondis que j'étais un peu étonné de tout
ce que la *nature* avait fait faire dans le cours de
la révolution, et que ses droits n'étaient pas toujours bien sacrés. J'ajoutai plusieurs autres réflexions à ce sujet, et nous nous séparâmes froide-
ment, et assez mécontens l'un de l'autre.

Je demandai des nouvelles de l'ancien seigneur
de la paroisse ; on me dit qu'on ne savait point
ce qu'il était devenu. Son château avait été vendu
depuis plusieurs années. J'appris que l'acquéreur
de ce château était un ci-devant commissaire à
terrier, maintenant géomètre. Il l'avait acheté,
ainsi que les terres qui en dépendaient, pour cent
mille écus d'assignats, qui, de compte fait, va-
laient le jour du paiement douze mille cinq cent
soixante et dix-huit livres en argent, et cependant
elles rendaient annuellement plus de douze mille
livres valeur réelle : ce qui était, comme on le
voit, une excellente affaire.

J'étais curieux de voir quelle figure faisait un
géomètre dans un vaste et magnifique château,
qui avait autrefois appartenu à la maison de ***,
et dont la noble vétusté, dont les ruines même
imprimaient un respect involontaire ; mon imagi-
nation le remplissait encore de nobles et preux
chevaliers qui, autour d'un large et ardent foyer,
se racontaient leurs prouesses guerrières et ga-
lantes. J'avais rendu visite à tous les bourgeois de
Naconne ; j'avais un bon prétexte pour aller voir

le nouveau propriétaire du château. Je m'y présentai sur la tombée de la nuit. J'entrai dans une vaste cour où j'avais vu, encore en 1788, une pelouse charmante, ombragée par d'antiques marroniers, qui avaient vu plus de dix générations d'hommes. Hélas ! ces marroniers avaient été remplacés par cinq ou six acacias rabougris, dont la moitié des branches ne présentait que des épines sans aucunes feuilles. Cette différence d'arbres me parut caractériser assez bien la différence des temps. J'avoue que le siècle des acacias ne me parut pas le plus brillant. Toute la cour n'était plus qu'un vaste fumier. La maîtresse du château dévidait du fil près un énorme chenet de son foyer.

Aussitôt qu'elle m'aperçut, elle s'enfuit emportant son peloton, renversant son dévidoir, et laissant un long fil sur ses traces, à l'imitation d'Ariane. Je vis bien que la belle dame était allée réparer quelque désordre dans sa toilette ; j'attendis un instant, et elle reparut avec un mouchoir tout blanc, un bonnet de satin blanc, garni de deux vieilles fleurs, des bas sales et des souliers rose. Elle était tellement troublée, et si peu accou-

tumée à voir des étrangers, qu'elle me proposa
de m'approcher du feu, et de me chauffer, quoiqu'il fît une chaleur extrême, et quoiqu'il n'y eût
pas le moindre feu dans sa cheminée : cependant
elle me fit entrer dans son salon. Ce salon était
une espèce de salle-pas-perdus immense, décorée
de la manière la plus bizarre. On y voyait encore
des lambeaux de tapisserie de toute antiquité, sur
lesquels on démêlait la famille de Darius et Ale-
xandre-le-Grand. Sur ces lambeaux était accroché
à un clou un portrait fraîchement peint, représentant un géomètre, armé d'un compas et d'une
chaîne d'arpenteur. J'y reconnus le maître de la
maison, et je reconnus aisément son épouse à un
autre portrait pendu vis-à-vis. Ces deux portraits,
peints à la manière des enseignes modernes, et
très-hauts en couleur, faisaient un contraste assez
piquant avec les antiques figures qui les entou-
raient. Sur la cheminée de ce vaste salon, sculptée
en style gothique, étaient trois petits bustes de
plâtre, barbouillés de rouge et de bleu, représentant trois consuls, c'est-à-dire le premier consul,

le second et le troisième. Ils étaient couverts de poussière, ainsi que la cheminée qui était très-élevée, et qui n'avait pas été nettoyée probablement depuis vingt-cinq ans. Un petit mobilier moderne se mêlait à quelques meubles qui tombaient en lambeaux, et qui appartenaient au moins au siècle de Louis XIII. Une table, autre injure des ans, dont les pieds et les jambages étaient faits au tour, contenaient les vestiges du dessert qui avait eu lieu à la suite du dîner du maître du château. La dame châtelaine m'offrit à boire un coup et à prendre un fruit ; je refusai poliment, et nous nous mîmes à causer comme nous pûmes, au bruit affreux que faisaient un merle et un serin renfermés dans une cage pendue au plancher. La fille de la maison arriva. Elle portait sous son bras un petit paquet de linge mouillé : il paraît qu'elle faisait de temps en temps la lessive, à l'imitation des princesses grecques au temps d'Homère. Néanmoins elle fut si embarrassée de sa contenance en me voyant, qu'elle se mit aussitôt à prendre la fuite, et en s'enfuyant elle laissa un de ses souliers

sur le plancher. Le géomètre arriva enfin; quant
à lui, il ne fut pas embarrassé, je vous jure. De
ma vie je n'ai vu un homme plus hardi, plus à
son aise et plus content de lui. Il me parla avec un
verbe extrêmement élevé et avec une de ces figures
si on peut le dire, qu'on ne voit que depuis la révolution. Il se jeta tout de suite sur la politique.
Je voulus vainement détourner la conversation :
il était en train de faire marcher les Turcs, et de
mettre à leur tête un certain général fort entendu
aux expéditions lointaines. Enfin il me fit voir
tout son château, tant au dehors qu'au dedans ;
il me dit qu'il avait envie d'en couper deux ailes.
« Ce n'est pas, ajoutait-il agréablement, que je
craigne que mon château puisse s'envoler ; mais
c'est qu'il me coûte beaucoup pour le faire couvrir,
et le corps-de-logis du milieu me suffira. » Du
reste, il avait déjà fait démolir les écuries, les re-
mises, et ce pauvre château va être réduit à rien :
il est vrai qu'il sera un peu plus en harmonie avec
le nouveau propriétaire et sa famille. Mais je vous
avouerai, Messieurs, que j'ai vu avec un véritable

chagrin la nouvelle destination de la plupart de ces
belles et antiques demeures dont toutes les pro-
vinces de la France étaient orgueilleuses, et qui
semblaïent attester la gloire, comme la magnificence de la noblesse française.

16 septembre 1814.

Comme quoi M. Musard rend compte d'une chose
assez singulière qui se passe dans un café de
Naconne.

JE vous dirai, Messieurs, qu'il y a en ce moment-ci à Naconne un congrès de huit ou dix
puissances assemblées extraordinairement dans un
petit café. Je ne suis pas sans inquiétude, je vous
l'avouerai, sur ces puissances qui ne sont pas à la
vérité, du premier ordre, mais qui n'en paraissent
pas moins animées de sentimens belliqueux et
autres sentimens, lesquels peuvent avoir des con-
séquences bien sérieuses, si je ne me trompe. Ce
congrès se compose d'une part, du juge de paix de
l'endroit et de ses assesseurs, d'autre part du maire
et de ses adjoints, réunis aux bourgeois les plus
éclairés du voisinage. Ils se sont constitués pléni-
potentiaires des nations dans ledit café, dont le
maître a étudié pour être avocat. Comme il y a

13.

apparemment urgence dans leurs affaires, les puissances ne désemparent pas, et se sont déclarées en
permanence, attendu qu'il y a danger. J'assiste
quelquefois à ce congrès comme puissance neutre,
et pour déjeuner. Ma position est quelquefois très-
-embarrassante, et je suis souvent compromis par
ma neutralité. Ce qu'il y a de plus alarmant, c'est
le juge de paix qui est acharné à la guerre ; il ne
veut pas céder un pouce de terrain, quoiqu'il ait
déjà reculé de sept ou huit cents lieues. Il voudrait
s'avancer de nouveau, et rattraper ce qu'il a perdu.
C'est une puissance militaire qui fait un contraste
singulier avec le ministère de paix ; tandis que d'un
côté il fait des procès-verbaux de conciliation, de
l'autre côté il sème la discorde dans toute l'Europe,
et veut faire verser des torrens de sang, unique-
ment pour un système d'envahissement qu'il pour-
suit avec une espèce de rage, surtout quand il a
pris son café et avalé un petit verre de liqueur.
Nous l'avions décidé, il y a quelques jours, à se
contenter d'aller jusqu'au Rhin ; mais aujourd'hui
il veut pousser de nouveau jusqu'au bout du monde,

et pour cela il a fait une alliance offensive avec une
puissance colossale qui *dort en ce moment du som-
meil du lion,* dans une petite île de la Méditerranée,
et qui doit avoir cet hiver à sa disposition trois ou
quatre cent mille Turcs.

Le maire de Naconne est une puissance beaucoup plus modérée sans doute ; mais cette puissance n'en est pas moins inquiétante à mon avis.
Ce maire aime à la fureur le gouvernement des
enfans de trois ou quatre ans ; il prétend que la
France aurait dû se faire gouverner par un petit
bonhomme de cet âge, en le faisant néanmoins
assister pendant quelques années d'une princesse
qui l'aurait *régenté,* et qui se serait fait *régenter*
elle-même par une demi-douzaine d'avocats, car
les avocats ne sont déplacés dans aucunes sortes de
rouages politiques ou autres, à ce qu'il paraît :
j'ai voulu objecter à notre maire que le petit garçon qu'il nous proposait pour mettre à la tête d'une
des premières puissances de l'Europe, n'aurait
peut-être pas tous les moyens de la tirer d'affaire,
malgré l'assistance d'une régente et de quelques

licenciés en droit; mais le maire m'a assuré impérieusement que l'enfant ayant déjà été roi et ayant régné assez joliment sur une des plus grandes villes de l'Europe, il était bien capable de régner sur un des plus grands royaumes.

Ce n'est pas tout : un conseiller municipal, un assesseur et un épicier de notre congrès veulent, absolument recommencer la guerre avec l'Angleterre. Ils ont déjà une flotte immense tout équipée, qu'ils font, pour ainsi dire, partir de Naconne, et qui marche à grandes journées vers les Grandes-Indes. J'ai voulu dire un mot en faveur des Anglais ; mais j'ai été repoussé si vivement, que j'ai été forcé d'abandonner ces pauvres insulaires à leur malheureux sort.

Savez-vous bien, Messieurs, que ces différentes puissances bourgeoises sont plus formidables qu'on ne peut croire. Je voudrais que vous les vissiez avec leurs chapeaux de travers et avec leurs pipes à la bouche, faisant faire des marches forcées et des évolutions extraordinaires à l'infanterie et à la cavalerie de toute l'Europe. Je voudrais que vous

.entendissiez de quelle manière aisée et leste elles parlent des têtes couronnées qui n'ont pas le bonheur de leur plaire : ces têtes couronnées n'en sont pas encore où elles pensent ; car il se fait en ce moment une distribution toute nouvelle des différentes couronnes du monde : on s'obstine à les poser presque toutes sur des fronts bourgeois.

Je ne sais quelle sera l'issue de ce remue-ménage ; mais il me semble que le congrès de Naconne est bien alarmant ; l'orage gronde dans notre café ; il est impossible qu'il ne crève pas un de ces jours d'une manière terrible, et que les conférences puissent se terminer à l'amiable. J'ai vainement hasardé quelques paroles de paix et de conciliation ; je me suis vu sur le point d'être écrasé par un juge de paix qui est un véritable foudre de guerre , et qui ne souffre point de réplique, parce qu'il a d'ailleurs le droit de juger jusqu'à 50 fr. en dernier ressort.

Enfin, Messieurs, je n'aurais jamais cru que des bourgeois assemblés dans un café pussent se charger de tant d'affaires, auxquelles ils devraient être

absolument étrangers : du reste ils sont comme de
grands seigneurs un peu blasés et dégoûtés de tout.
Ils ne trouvent rien de bon et de bien fait ; ils ne
sont contents d'aucun gouvernement : on a beau
leur en fabriquer de nouveaux tous les deux ou
trois ans, ils y trouvent toujours une teinte de
despotisme, de *tyrannie*, d'*oppression* ; car il ne
faut pas que la moindre chose gêne cette bourgeoisie qui est si éclairée sur ses intérêts, si chatouil-
leuse sur l'article de la liberté et de l'égalité.

12 octobre 1814.

Article où l'on voit comme quoi M. Musard l'émigré se porte à merveille ; comme quoi il a été nommé membre de la société d'agriculture de Naconne, et comme quoi le congrès de ce village est dissous.

Il y a déjà bien des jours, Messieurs, que vous n'avez point eu de mes nouvelles, et que vous n'avez pu en donner à l'univers, qui, par conséquent, doit être, ainsi que vous, un peu en peine de moi. Je vous prie de vouloir bien le rassurer aussitôt la présente reçue, et de lui dire que je me porte bien, Dieu merci, et qu'il soit tranquille. Si par hasard il était piqué de mon silence, dites-lui, s'il vous plaît, qu'il s'en prenne au frère de notre bon Roi, qui a passé dans notre province, et dont j'ai constamment suivi les pas *incognito*, sans que j'aie pu prendre le temps de faire autre chose que le voir, et verser des larmes de joie. Je vous dirai que ce Prince a passé tout près de Naconne ; mais il ne s'y est point arrêté. Il avait apparemment de bonnes raisons pour cela. Le congrès bourgeois, dont je vous ai parlé, était assemblé comme à son ordinaire, et il ne voulait point se déranger, attendu l'importance de ses affaires, ou plutôt des affaires du monde, dont il a bien voulu se charger; mais j'ai supplié ces Messieurs de vouloir bien voir le Prince, et ils s'y sont enfin décidés par curiosité. Croiriez-vous que cette vue a opéré un miracle ? Ces bourgeois, tout à l'heure si fiers, si puissans, si jaloux de leur autorité, se sont tout à coup laissés attendrir en présence d'un petit-fils de Henri IV, et ont donné leur démission du gouvernement de l'Europe. Ils ont de plus renoncé soudain à un traité d'alliance qu'ils avaient fait avec le souverain d'une île de la Méditerranée, lequel souverain, ayant d'abord manqué la conquête du monde, devait la refaire avec peu de ses amis, et avec beaucoup de Turcs.

Ainsi, la seule apparition d'un Prince légitime a mis fin à un petit congrès qui me donnait particulièrement des inquiétudes fort grandes, d'autant mieux qu'il y était souvent question de me renvoyer au-delà du Rhin, malgré ma radiation définitive, prononcée, comme vous savez, par des autorités compétentes, assistées de sept ou huit cent mille fusils, qui sont aussi très-compétens.

Me voilà donc en ce moment, Messieurs, fort tranquille dans le Naconnais, et je me propose de retourner bientôt à Paris. Vous me trouverez un peu avancé en dignité, et conséquemment un peu fier. Imaginez-vous que j'ai l'honneur d'être membre de la société d'agriculture de Naconne. J'ai fait ce que j'ai pu pour me défendre de cet honneur; mais il a fallu en passer par là. Je vous dirai que j'ai singulièrement négligé cette science, depuis que je n'ai pas un pouce de terrain à cultiver, depuis que mes domaines ont été vendus, et que j'en ai fait, de bon cœur, le sacrifice au repos de la patrie.

Je suis devenu extrêmement indifférent sur le trèfle, la luzerne, le sainfoin, et tout ce qui végète dans le fonds d'autrui. J'avoue que ces idées d'agriculture ont réveillé en moi des idées de pro-

priété qui m'ont arraché quelques soupirs. Mes
confrères , à la vérité , m'ont consolé de leur
mieux , en me disant les plus belles choses du
monde sur le premier et le plus utile des arts.
Notre président m'a dit, dans notre dernière
séance, que Hierón de Syracuse, Attalus, Philo-
pator de Pergame et Archélaüs de Macédoine
aimaient prodigieusement l'agriculture. Il ne m'a
pas laissé ignorer que l'empereur de la Chine tra-
çait tous les ans quelques sillons en grande céré-
monie, et que Cyrus le jeune avait planté lui-
même tous les arbres de ses jardins. Toutes ces
citations m'ont fait plaisir....... Je me suis mis à
considérer la chose en général et en grand, faute
de pouvoir la considérer, hélas ! en petit et en
particulier..... En conséquence, je me suis jeté à
corps perdu dans les théories et dans la partie his-
torique de l'agriculture. J'ai remonté encore plus
haut que notre président, car j'ai remonté à la
source de l'art dans un discours de réception qui
m'a coûté bien de la peine et bien des recherches.
J'ai cru devoir citer Osiris comme inventeur de

l'agriculture, selon les Egyptiens; Cérès, et Trip-
tolème, son fils, comme inventeurs du même art,
selon les Grecs; et Saturne ou Janus comme inventeurs, selon les Italiens. Ce discours m'a fait
beaucoup d'honneur; mais ce qui a, pour ainsi
dire, enlevé tous mes confrères, et m'a concilié
tous les esprits, c'est une petite dissertation sur
le foin et les fourrages en général, par laquelle j'ai
terminé mon discours.

Je me propose donc de faire à Paris, cet hiver,
dans la rue de l'Arbre-Sec, que je compte habiter
non loin de vous, Messieurs; de faire, dis-je,
quelques expériences d'agriculture dans une petite
caisse et quelques pots à fleurs établis sur ma fenêtre. Je transporterai avec moi un peu de terre
végétale, qu'on a bien voulu me laisser prendre
dans mon ci-devant domaine : je mêlerai cette
terre à une petite préparation chimique que j'ai
dans la tête, et nous verrons.,...

Ainsi je me prépare plusieurs petites jouissances
toutes champêtres au beau milieu de Paris. J'ou-
vrirai ma fenêtre, et j'aurai la vue d'une campagne

de deux ou trois pieds de long, sur un pied de large.... Enfin, si j'ai perdu tous les biens que j'avais, comme on dit, au soleil, j'en aurai du moins un peu à l'entre-sol, que j'habite ordinairement : cela suffira à mon bonheur, et je cultiverai ma petite caisse, faute de mieux.

*O fortunatos nimiùm sua si bona nôrint
Agricolas !*

29 octobre 1814.

Article où l'on voit une chose surprenante , qui est
que M. Musard, en sa qualité d'émigré, est
accusé, par M. Carnot, d'avoir assassiné un
Roi de France. On voit de plus, dans cet article,
comme quoi M. Musard est en colère , et comme
quoi il croit en sortir victorieux.

JE m'en revenais triomphant à Paris , Messieurs,
et je levais la tête comme un homme qui a la cons-
cience nette, et qui n'a rien à se reprocher. Je
méditais tranquillement les petits projets d'agriculture que j'ai pour cet hiver, et dont je vous ai
parlé dernièrement. Je songeais à cultiver ma
caisse à l'entre-sol champêtre où je vais m'établir,
et je faisais cette réflexion consolante : au moins
on ne me séquestrera pas cette petite campagne
portative et mobiliaire, comme on a séquestré mes
anciens immeubles ; elle ne sera point vendue par
des membres de district , et je serai parfaitement

14.

en sûreté à côté d'une propriété qui, dans aucun cas, ne pourra exciter l'envie. Je réfléchissais donc sans fiel, car les agriculteurs ont généralement les mœurs douces ; mais quelle a été ma surprise, quand j'ai appris en chemin que j'étais accusé par M. Carnot d'être cause de l'assassinat d'un Roi de France ! A cette nouvelle si singulière, je me suis arrêté tout court. Je n'ai point osé continuer mon voyage, et n'ai point voulu arriver à Paris avant de m'être lavé d'une imputation aussi noire : cela m'a fait souvenir qu'on m'avait déjà accusé, au commencement de la révolution, d'avoir brûlé moi-même mon petit château ; mais j'étais parvenu à me justifier pleinement de cette espièglerie. On vit bien dans le temps qu'il n'était pas bien naturel et bien fin que je me misse de gaîté de cœur, moi et ma famille, à courir les champs sans asile, sans meubles et sans pain ; mais l'accusation dont il s'agit est bien autrement grave, et j'avoue que je ne m'y attendais guère. Je n'ai pas un instant à perdre pour ma justification : voici mes moyens ; j'ose les croire victorieux.

Il est de fait que j'ai émigré, et à la suite d'une
dénoîciation où j'étais prévenu d'avoir coupé une
nuit l'arbre de la liberté de Naconne, autour du-
quel on m'avait fait crier vive l'égalité, en me traî-
nant par les cheveux et en m'accablant de toutes
sortes d'outrages. On avait d'abord accusé un ministre anglais et un général autrichien, c'est-à-dire
Pitt et Cobourg, de s'être glissés furtivement dans
le village, et d'avoir eux-mêmes scié l'auguste
signe de la liberté française ; alors Naconne fut
mis de suite en état de siége ; ma maison fut *mise*
au pillage, le séquestre *mis* sur toutes mes pro-
priétés, ma personne *mise* hors la loi, ma tête *mise*
à prix, mes parens *mis* en état d'arrestation, mon
nom *mis* sur la liste des émigrés : on ne pouvait
être mieux *mis* que je ne l'étais, comme je vous
le mandai à cette époque. Assurément, Messieurs,
il fallait bien émigrer de nouveau, ou consentir à
être *mis* à mort, ce qui répugne toujours à un honnête homme. Cependant, de quel endroit partaient
ces terribles mesures contre Naconne et moi ?
Du comité de salut public, et elles étaient signées

Carnot, qui était membre de ce comité. J'allai
donc me réfugier à Copet, ensuite à Nion, de là
à Lausanne; je fus chassé honnêtement de ces petites villes, qui craignaient de se compromettre
vis-à-vis le *salut public*, et je me mis à errer en
différentes villes d'Allemagne. Pendant ce temps-
là, ce même comité se mettait à assassiner l'infortuné Louis XVI..... Je demande à ce comité si je
puis être complice de cet assassinat? Je puis prouver aisément l'alibi au citoyen Carnot, car j'étais
en 1793, et notamment en janvier, à Francfort sur
le Mein : on peut s'en informer *au Lion d'or*, qui
attestera que j'y étais à cette époque, si bien que,
par parenthèse, il me logeait et me nourrissait à
crédit. On peut s'en informer aussi à l'auberge de
la *Belle Etoile*, où j'ai logé aussi, aux environs de la
même ville. Je défie le citoyen Carnot de prouver
qu'à cette époque j'aie eu aucune espèce de com-
munication ni de correspondance avec lui, et que
je l'aie engagé à commettre le plus horrible crime
qui ait jamais été commis. J'étais si loin de com-
muniquer avec lui directement ou indirectement,

que son nom seul et celui de tous ses compagnons
me faisaient frémir jusque sur le Mein, et que je me
réveillais toutes les nuits en sursaut, me croyant
toujours poursuivi par le *salut public*........ Et ce
terrible citoyen ose dire que je l'ai aidé à assassiner les Rois !... Ah ! Messieurs, pensez-vous que
le public puisse m'en croire capable ? Vous savez
le proverbe qui dit que les absens ont toujours
tort ; mais croira-t-on qu'ils aient pu avoir tort
jusqu'à ce point ? M. Carnot, dans sa brochure où
il m'accuse de la mort du Roi, parle beaucoup des
Jésuites ; heureusement pour moi qu'il raisonne
comme le révérend père Escobard : si on admet-
tait de pareils raisonnemens, je ne serais point
surpris d'être accusé de la mort du Grand-Mogol,
ou de l'empereur de la Chine, tandis que je serai
occupé des soins innocens de l'agriculture, à mon
entre-sol de la rue de l'Arbre-Sec.

4 janvier 1815.

*Lettre infiniment honnête, écrite en forme de
Feuilleton, à MM. les Rédacteurs de la Quotidienne, par M. Musard, émigré rentré. On voit
dans cette lettre que cet émigré vient à Paris, à
pied et avec très-peu d'argent, ce qui est cause
qu'il étudie en chemin la belle nature.... On voit
plusieurs autres choses dans cette lettre.*

D'après la lettre, rassurante à un certain point,
que vous avez bien voulu m'écrire, Messieurs, je
me suis décidé à revenir à Paris. En conséquence
me voilà en route depuis quelques jours, mais sans
pouvoir calculer le moment de mon arrivée ; car
je voyage à petites journées, non pas avec mes chevaux, ni avec les chevaux de personne, mais à
pied ; ce qui convient bien mieux à un naturaliste.
J'aime beaucoup à étudier la nature sur les grands
chemins ; on y est bien plus à portée de la prendre,
comme on dit, sur le fait. Hélas ! je voyageais au-

trefois en voiture ; mais comme j'étais ignorant
alors ! comme la nature est bien plus belle quand
on la voit de près sur les routes de première classe !
Elle m'aurait paru bien plus belle, sans doute, si
je n'avais été obligé de marcher continuellement
dans la boue.... La boue est aussi du domaine de
la nature, et un véritable naturaliste tire parti de
tout. Il y a aussi des choses bien naturelles et bien
champêtres à côté des grands chemins. Je me suis
à la vérité, bien rarement détourné cette fois-ci ;
et j'avoue que j'ai étudié un peu vite, à cause de la
pluie mêlée de neige qui m'a presque toujours ac-
compagné ; mais, malgré mon amour excessif pour
la nature, peut-être ne l'aurais-je point étudiée du
tout dans ce dernier voyage, si j'avais eu un peu
plus d'argent ; peut-être aurais-je pris la Comète *,
laquelle est un astre roulant qui parcourt, sans
s'arrêter ni jour ni nuit, soixante et tant de lieues
en trente-six heures ; mais il m'en aurait coûté
beaucoup d'argent, tandis qu'avec ma manière

---

* Nom d'une voiture publique.

toute naturelle de voyager, il m'en coûtera un bon tiers de moins.

Je vous écris de la Charité-sur-Loire, où je suis arrivé au bout de cinq jours de marche. Le nom philantropique de cette petite ville m'avait séduit d'avance. J'avais résolu dans mon plan de route d'y aller passer la nuit. Ce n'est pas la première fois que j'ai été séduit par les mots. Ils m'ont toujours trompé, et ils me feront assurément mourir de chagrin. Vous allez voir que c'est en vain que j'avais compté sur une hospitalité honnête et généreuse. J'ai pris l'habitude de ne point souper depuis 1790. Cette habitude s'est singulièrement fortifiée dans toutes les années suivantes que j'ai passées, comme vous savez, à Lausanne, à Francfort et dans le quartier de Picadilly à Londres. Cette coutume de ne point souper est une des inventions du siècle lumineux, et Dieu merci, je suis au moins à la hauteur du siècle de ce côté-là. Arrivant à la Charité, je suis entré à la première auberge qui avait fort bonne apparence, et où j'ai vu d'abord une table d'hôte très-bien servie. J'ai dit que je ne soupais point, et que je ne prenais qu'un bouillon le soir pour me conformer à la révolution. Ici, l'hôtesse m'a regardé de travers, et m'a dit que la révolution avait rendu assurément de grands services à l'*humanité*, mais que la suppression des soupers n'était pas ce qu'elle avait fait de mieux. Au surplus, a-t-elle ajouté d'un ton plus sec, c'est tant pis pour ceux qui ne soupent point. Je n'ai pas d'abord bien compris le sens de ces paroles ; mais elles n'ont été que trop claires pour moi ce matin ; car on m'a demandé une somme énorme pour un bouillon, comme si j'avais parfaitement soupé. J'ai voulu faire quelques observations ; mais on m'a répondu impérieusement que c'était l'usage, et j'ai bien vite payé, en m'excusant de n'être pas au courant de tous les usages en ma qualité d'émigré rentré depuis peu...

A ces mots plusieurs personnes m'ont entouré. — Ah ! Monsieur est émigré rentré ? Vous allez sans doute à Paris solliciter des places , des faveurs ? Elles sont toutes pour vous. On dit que vos camarades veulent *réagir* contre le peuple fran-

15

çais, reprendre leurs biens de vive force, rétablir les dîmes, les cens et servis ; qu'ils veulent nous faire battre l'eau pour empêcher les grenouilles de réveiller leurs femmes, nous rendre serfs, main-morte.... Ah! jarni, s'est mis à dire d'une voix forte et d'un air menaçant le maître de l'auberge, dont le bras n'annonçait point une *main-morte*, nous verrons ! je défendrai les principes, ou j'y perdrai mon latin ; je défendrai mon quart de marquisat de ***, que j'ai acheté, ainsi que la batterie de cuisine et les lits du château..... Alors la conversation s'est échauffée, mais point du tout de mon côté, car je n'osais rien dire ; et au lieu d'avoir envie de *réagir*, j'avais une peur du diable d'un quart de marquis, lequel, avec plusieurs de ses amis, me serrait de fort près contre la cheminée, en fumant avec beaucoup de dignité. Cependant j'ai pris sur moi de me justifier un peu, ainsi que mes camarades rentrés. J'ai dit que, pour mon compte, je ne *réagissais* contre personne, que je ne demandais ni places, ni faveurs ; que l'air de la patrie me payait de tout ; que j'étais trop con-

tent de vivre, de respirer dans le royaume de
France...., malgré l'extrême cherté du bouillon
gras.... J'ai ajouté qu'il n'était plus question de
battre l'eau; que le Roi de France voulait que tout
le monde fût heureux et tranquille, jusqu'aux grenouilles, qui avaient la liberté de coasser à leur
aise......... — Connaissez-vous un certain émigré
qu'on appelle M. Musard ? a dit un huissier. —
Je le connais un peu, ai-je répondu avec quelque
altération dans la voix (je n'étais pas sans inquiétude). — On dit que c'est un homme assez dangereux.— Lui dangereux ! je vous assure que c'est
un brave homme. — Il n'est pas question de brave
homme. Il paraît que c'est un *vieilliste* * qui voudrait faire rétrograder les lumières, parce qu'il n'en
a point lui-même; on dit qu'il va jusqu'à les nier...
C'est un crime de *lèse-lumière*, qui mériterait bien
qu'on le mît dans un obscur cachot, au pain et à
l'eau..... — Bon, a dit un autre assistant : on dit
que c'est une espèce de fanatique sans conséquence;

---

* Expression de mademoiselle Raoul.

il a demeuré vingt-cinq ans dans l'obscurité ; mais
maintenant que le voilà rentré, il faudra bien qu'il
y voie clair, ou qu'il dise pourquoi. — Vous avez
raison, ai-je répondu ; je le crois un peu fanatique.
Je voudrais qu'il fût maintenant au milieu de nous
à la Charité-sur-Loire ; les lumières lui saute-
raient, pour ainsi dire, aux yeux ; il y verrait comme
elles sont bien également réparties dans toutes les
classes ; comme les aubergistes peuvent le disputer
aux académiciens....

Ici l'arrivée d'un voyageur a, heureusement
pour moi, interrompu la conversation, et je me
suis esquivé dans ma chambre, d'où je vous écris
cette lettre. Je prends mon *omnia* sur le dos. Cet
omnia est une espèce de sac de l'invention du sieur
Bias, où je mets tout ce que je possède à peu près
en linge et hardes. Je pars, et me voilà en route.

P. S. Vous voyez, Messieurs, que tout n'est pas
encore rose et fleurs sur mes pas dans mon voyage.
J'ajoute, par *post-scriptum*, que j'ai couché hier à
Saint-Pierre-le-Moustier. Imaginez-vous que cette

ville avait reçu dans le temps de la terreur le nom
de *Brutus-le-Magnanime*. Je n'en voulais rien
croire ; mais on m'a montré un bulletin de la convention, qui ne m'a point laissé douter de cette
étrange dénomination. J'ai vu en effet à Saint-Pierre
quelques figures dont la *magnanimité* m'a causé un
véritable effroi. Je n'ai point dormi à mon aise. J'ai
rêvé toute la nuit que j'étais le fils aîné de Brutus,
et que mon père me faisait égorger *par grandeur
d'âme*. Dieu merci, je me suis réveillé bien vite.

15 janvier 1815.

*On voit dans l'article qui suit, l'entrée qui n'est
pas trop triomphante de M. Musard l'émigré dans
la ville de Paris, par la barrière d'Enfer et par
la rue Mouffetard.*

Je ne vous laisserai pas ignorer, Messieurs, non
plus qu'à vos abonnés, que j'ai fait mon entrée à
Paris, il y a quelques jours, sur les deux heures
et quelques minutes de l'après-midi, par la barrière
d'Enfer. J'étais assurément le plus crotté et le plus
fatigué des naturalistes, après six jours de marche
et *d'études* consécutives sur le pavé. Heureusement
j'ai passé par le Palais-Royal, où j'ai trouvé des
artistes qui ont nettoyé mes bottes et *essuyé mes
revers* tant bien que mal.

Je conviendrai de bon cœur que le cirage de ce
siècle a quelque chose d'infiniment plus luisant
que le cirage du siècle dernier. Je rends justice à
qui il est dû; mais où il y a avancement, progrès,

et lumières assez sensibles, c'est dans l'esprit de ces mêmes artistes, qui se sont mis, sous tous les rapports, à une grande distance des artistes des anciens temps. Imaginez-vous, Messieurs, que celui qui s'était emparé d'une de mes jambes, s'est mis à me parler tout à coup de la Saxe et de la Pologne, en homme profondément versé dans l'équilibre de l'Europe; et, ayant quelques données particulières sur le congrès de Vienne, il m'a demandé ce que j'en pensais. J'ai répondu tout de suite, pour ne pas me compromettre, que je n'en pensais rien. Alors il a pris un air fier; et, après avoir réfléchi un moment, il m'a dit qu'il y avait là-dessus bien des choses à dire, mais qu'on verrait. Ensuite il a passé brusquement de la politique à la littérature. Connaissez-vous, m'a-t-il dit, *M. Crouton* et *les Anglaises pour rire*, aux Variétés? Ces deux pièces demeureront au théâtre. J'ai répondu que je ne les connaissais point encore; que j'étais bien aise qu'elles y pussent demeurer.....
Ici, j'ai cherché à détourner la conversation, car je ne voulais pas avoir l'air de n'être au courant de

rien. Alors on m'a proposé la lecture des jour-
naux ; j'ai demandé les meilleurs , et l'artiste m'a
sur-le-champ donné le *Censeur* et le *Véridique*....
Ah ! Messieurs, quelles *censures* et quelles *vérités !*
Ce sont précisément les mêmes que j'avais vues
en 1789 et 1790, avec le même style, les mêmes
théories qui m'ont fait sauver à toutes jambes du
royaume de France déjà en proie à la liberté, à
l'égalité, et à la fraternité ou la mort; ce sont les
mêmes niaiseries politiques qui , sous le prétexte
d'une perfection chimérique , m'ont mis à deux
doigts de ma perte , ainsi que l'Europe entière.
J'ai reconnu ces furieux Cicéron de village, qui,
pour avoir lu le *Contrat social* du philosophe de
Genève se sont crus en droit de stipuler pour tous
les peuples, et qui , les conduisant à la perfection,
les ont fait massacrer *libéralement* de toutes les ma-
nières...... Je vous avouerai que la peur s'est de
nouveau emparée de moi. Le *Censeur* et le *Véridique* me sont tombés des mains. Je n'ai point
voulu attendre le dernier coup de pinceau de l'artiste , et je me suis sauvé dans le petit appartement

qui m'était préparé d'avance dans la rue de l'Arbre-Sec.

Je vous assure que j'ai hésité un moment de m'y établir. Ma petite campagne portative, dont je vous ai parlé, a demeuré deux jours sous mon lit, et ce n'est que depuis hier que je me suis décidé à l'établir sur ma fenêtre ; mais je vous donne ma parole que je n'aurai aucune sécurité pour elle et pour moi-même, tant que je verrai des jeunes avocats et des demoiselles d'un certain âge, en train de régénérer encore la race humaine, et de faire la part des rois.

Cependant, Messieurs, d'après votre conseil, j'ai déjà pris ici un maître d'agriculture, et j'ai déterré, au quatrième étage de la rue Pavée-Saint-Sauveur, un certain M. Deschamps, qu'on m'a dit être de la première force, et qui est membre de dix-huit sociétés savantes où on s'occupe de la végétation transcendante. Il m'a dit que j'avais des dispositions, et qu'en trois mois de leçons, c'est-à-dire en soixante cachets, il se flattait de me mettre en état de pouvoir cultiver et labourer

de ma chambre toutes sortes de fonds ; que je
pourrais, sans me déplacer, faire valoir mes différens domaines à l'anglaise, à la hollandaise, à la
suisse, *ad libitum*. Je lui ai dit que mes différens
domaines consistaient maintenant en une petite
caisse que je lui ai montrée en ouvrant ma fenêtre :
il m'a dit que c'était égal, qu'il n'en avait pas davantage lui-même, mais que cela suffisait pour
faire toutes sortes d'expériences applicables à
toutes sortes de terres, au moyen d'une échelle de
proportion. Je lui ai demandé s'il avait aussi cultivé
la betterave, et s'il me conseillait d'en essayer pour
me mettre au niveau de la culture du siècle : il m'a
répondu qu'il avait été forcé un moment à cette
culture, par un décret impérial et libéral ; qu'il
s'était flatté aussi de pouvoir contribuer à détruire
totalement l'Angleterre, par la puissance d'un vé-
gétal ; mais que les circonstances ayant renversé
le protecteur de la betterave, qui était en même
temps protecteur de la confédération du Rhin et
d'une grande partie de l'Europe, il avait renoncé
à une racine qui était devenue un peu ridicule, et

qui n'osait presque plus végéter en France, tant, elle était, pour ainsi dire, honteuse d'avoir été prise pour une canne à sucre.

Enfin, Messieurs, mon projet, en arrivant ici, a été de m'éclairer de mon mieux, et d'avancer dans le chemin des lumières, jusqu'à ce que je puisse marcher sur une même ligne avec cette foule immense d'esprits lumineux qui font feu, en quelque manière, sur le pavé de Paris; tant ils sont *ferrés*, comme on dit, sur toutes sortes d'arts, sciences, belles-lettres : je sens bien qu'il faut que je me dépêche beaucoup, et que j'aurai quelque peine à regagner le temps perdu pendant vingt-cinq ans, que j'ai passés dans la *barbarie*, sans me douter en aucune manière de la perfection vers laquelle couraient mes compatriotes, sans me douter qu'ils me laissèraient si loin derrière eux ; mais j'espère qu'avec un travail opiniâtre, qu'avec un maître de *lumières*, que je compte prendre la semaine prochaine, avec mon maître d'agriculture, je parviendrai à n'être pas tout-à-fait déplacé dans un *entre-sol* de la capitale.

J'ai déjà vu quelques curiosités naturelles pour
me divertir et m'instruire en même temps ; car il
est juste qu'un émigré s'amuse quand il est rayé
définitivement. On m'avait beaucoup parlé de la
Vénus hottentote. Ce nom de Vénus avait réveillé
en moi des souvenirs mythologiques assez tendres,
tels que j'en avais dans ma belle jeunesse, temps
où je faisais quelques petits vers pour une certaine
Vénus que j'adorais alors à Naconne. Je me suis
donc transporté avant-hier dans la rue Neuve-des-
Petits-Champs, et j'ai vu cette nouvelle déesse...
Ah ! Messieurs, quelle terrible Vénus ! j'ai trouvé
qu'elle ressemblait comme deux gouttes d'eau à la
république française, telle que la peignaient les
peintres républicains en 1793 ; elle a une figure
plate et carrée, et d'horribles cicatrices sur la
joue, faites avec de la poudre à canon, en forme
d'enjolivemens. Je ne parle pas de ses énormes
protubérances.... Je lui ai demandé, en anglais,
s'il y avait un Cupidon hottentot, c'est-à-dire si
elle avait eu un enfant de quelque Vulcain, ou
de quelque Mars de l'Afrique méridionale : elle

m'a répondu qu'elle n'avait eu que trois filles d'un
prince africain, mais qu'elles étaient mortes. Cela
m'a fourni l'occasion toute naturelle d'un madri-
gal sur les trois Grâces, et je me suis hâté de ga-
gner la porte de *Cythère*, où l'on m'a fait donner
un écu que je regrette un peu.

J'ai l'honneur de vous saluer.

26 janvier 1815.

*Lettre d'honnêteté, écrite par M. Musard l'émigré,
à MM. de* la Quotidienne : *il leur fait savoir
qu'il passe une partie de son temps à la campagne, dans la rue de l'Arbre-Sec, et qu'il a
pris sa première leçon de lumières hier au soir
sur la tombée de la nuit.*

Vous voulez que je continue de vous écrire,
Messieurs, et je le fais volontiers de mon entre-
sol. J'y passe une partie de mon temps à la campagne, puisque je laisse presque toujours ma fenêtre
ouverte pour avoir l'œil sur mon bien. Vous savez
que l'œil du maître est bien essentiel; j'ai donc
toujours l'œil sur ma propriété. M. Deschamps,
qui m'enseigne à labourer, à semer, à planter, etc.
m'a dit que je serais d'une bonne force d'amateur
avant trois mois, si je continue; et je continuerai
très-certainement. C'est un homme admirable
pour la théorie; on n'a pas d'idée de tout ce qu'il

a planté et semé sur du papier, et de toute la végétation qu'il y a dans ses différens écrits; mais il
méprise la pratique en toutes choses, et dit qu'elle
n'est bonne que pour les sots, surtout en agriculture et en morale. Mais je veux vous parler aujour-
d'hui, Messieurs, du *maître de lumières* que j'ai
pris, depuis mon arrivée ici, comme j'ai eu l'honneur de vous le dire. Il est venu chez moi hier
me donner sa première leçon, sur la tombée de la
nuit, *entre chien et loup*. C'est un homme qui ne
séduit pas par les dehors, je vous assure; mais il
n'en est que plus séducteur, quand on sait ce qu'il
a dans l'âme. Il a des yeux caves et enfoncés qu'on
voit à peine; mais comme ils sont vifs et perçans,
comme ils voient de loin! du reste il porte la tête
haute; il a une contenance fière et orgueilleuse qui
annonce un homme bien sûr de ses moyens, et
qui à tout prix ne se troquerait point contre un
autre homme.

Il est logé au rez-de-chaussée dans un cul-de-
sac qu'il appelle *impasse*; mais il s'élève quelquefois à cent cinquante degrés au-dessus de sa cham-

bre, pour aller travailler dans une de ces hautes
régions, vulgairement appelées galetas, où il a
établi son cabinet ; il en redescend à des heures
réglées pour aller en ville. Voici comment il m'a
donné sa première leçon, et comment les choses
se sont passées entre nous. Je n'y ajoute pas un
mot : vous savez comme je suis exact.

Il a commencé comme un maître de violon ou
de clarinette, par me dire que j'avais nécessaire-
ment de mauvaises positions, de mauvais principes,
et qu'il fallait me *recommencer ;* que mes maîtres
précédens étaient détestables ; qu'il fallait oublier
tout ce qu'ils avaient pu m'apprendre, et faire en
quelque sorte *esprit net* et table rase chez moi,
pour me mettre en état de recevoir avec fruit de
nouveaux principes. Voyons un peu ce que vous
savez, m'a-t-il dit ; comment avez-vous été élevé ?

Musard l'écolier. — J'ai été élevé d'après les
principes d'éducation de Rollin et du père Jou-
vency ; d'après les principes....

(Ici le maître s'est mis à éclater de rire, et à
lever les épaules à plusieurs reprises.)

Le maître. — Mais, mon cher écolier, vous devez être le plus stupide des hommes, je vous en demande pardon. Vous croyez donc à quelque chose en matière de religion, et vous n'avez secoué encore aucun préjugé ?.....

Musard l'écolier.—Hélas! non, mon cher maître, je n'en ai point encore secoué !

Le maître. — *Stupidité*, barbarie, encroûtement....... Vous tenez au siècle de Louis XIV, je le parie.

Musard l'écolier. — J'y tiens un peu, à dire le vrai.

Le maître. — Vous pensez que c'est là un siècle de lumières ?......

Musard l'écolier. — J'avais quelqu'idée que ce siècle était assez éclairé, à cause de quelques grands hommes qui.....

(Ici mon maître redouble d'éclats de rire, avec un mouvement d'épaules plus précipité.)

Le maître. — Fort bien, fort bien. Nous changerons tout cela ; c'est l'affaire de quelques leçons : nous allons commencer. Il faut que vous sachiez

16.

d'abord d'où datent précisément les lumières, et puis je vous en ferai suivre tous les progrès jusqu'à l'heure qu'il est inclusivement... Il est six heures à ma montre.... Je vous fais cette observation, parce que les lumières vont si grand train, que dans une heure ou deux elles font quelquefois des *pas de géant*, et demain matin vous serez peut-être étonné du chemin qu'elles auront fait pendant la nuit.

Dites-moi d'où datent les lumières dans leur plus grande clarté ?

Musard l'écolier.—Je n'en sais rien précisément.

Le maître. — Elles datent de 1789.

Musard l'écolier. — Quoi ? de l'époque où mon petit château de Naconne a été brûlé !

Le maître. — Précisément. Il était convenu qu'on ferait la *guerre aux châteaux*, et qu'on donnerait la *paix aux chaumières*. Le principe une fois établi, il n'y avait plus moyen de reculer ; d'ailleurs vous savez que *périsse l'humanité tout entière, plutôt qu'un principe*.

Musard l'écolier. — C'est singulier.

Le maître. — Cela est singulier, en effet, mais c'est un principe ; il n'y a rien à dire. Maintenant savez-vous à quoi on a pu reconnaître facilement les lumières dans tout leur éclat à cette fameuse époque ?

Musard l'écolier. — Je ne sais pas à quoi on a pu les reconnaître.

Le maître. — On a pu les reconnaître à l'immense quantité de véritables grands hommes qu'on a vus éclore de toutes parts à cette époque : grands hommes dans les chaumières, dans les cabarets, dans les cafés, dans les chambres garnies ; grands hommes partout, et on en envoyait à Paris des détachemens considérables, qui éclairaient la nation moyennant dix-huit francs par jour.......
Maintenant je vais vous faire suivre les différens progrès des choses, la marche des événemens...

Musard l'écolier. — Je connais tout cela, mon cher maître, et j'ai été assez malheureux pendant cette marche et ces différens progrès........ Je croyais que les lumières devaient tendre au plus grand bonheur des hommes, et il me semble que personne n'a joui d'un bonheur bien grand depuis la fameuse époque dont vous partez.

Le maître. — Il est bien question de bonheur en principe et en philosophie. Ah ! vous voulez être heureux : voilà qui est bien fin ! Mais prenez patience. Nous nous occupons encore en ce moment-ci d'améliorer le sort de l'espèce humaine en masse, et vous aurez votre part d'amélioration ; il ne s'agit que d'attendre encore un quart de siècle. Mais, en attendant, voyez comme nous sommes riches en lumières ; voyez comme les chefs-d'œuvre affluent dans notre littérature, dans nos théâtres, comme on fait de jolis mémoires, de jolis ouvrages périodiques ; voyez comme il y a de la philosophie partout, jusque parmi les laquais qui ne veulent plus obéir qu'aux ordres motivés et raisonnés de leurs maîtres !.... Je puis vous en parler savamment ; j'ai été laquais tout comme un autre.

Musard l'écolier. — Comment avez-vous pu parvenir si vite à vous éclairer, et comment vous êtes-vous trouvé tout de suite en état de montrer la lumière en ville, après avoir servi à boire ?

Le maître. — C'est le siècle qui fait cela. On y est, pour ainsi dire, *éclairé-né;* on y suce en naissant le lait de la philosophie qui est excellent, et ce lait a la vertu de former tout à coup des hommes...... qui voient extrêmement clair en toutes choses......

Musard l'écolier. — Je suis bien malheureux de n'avoir pas vu en naissant la lumière philosophique.

Le maître. — Il est encore temps de remédier à cela. Je tâcherai d'abord d'extirper en vous toutes les mauvaises semences du siècle de Louis XIV; je vous ferai prendre ensuite quelques toniques de ma composition pour cicatriser les plaies de votre esprit, et je vous administrerai définitivement tous les grands principes modernes, au moyen desquels on peut se moquer hardiment et impunément de toutes les puissances du ciel et de la terre....... (Ici, il regarde encore sa montre)....... Mais il est déjà tard....... je reviendrai demain. Ici, je lui ai donné un cachet, en lui faisant une révérence profonde, comme le veut la civilité française; mais il s'est encore moqué de moi, en me disant que la civilité était aussi une erreur et un préjugé. Alors il a allumé brusquement une petite lanterne sourde qu'il porte à sa boutonnière, et il s'est retiré sans tomber dans aucune *erreur*, aucun *préjugé*, c'est-à-dire, sans me faire aucune civilité.

5 février 1815.

*On va voir ce qui est arrivé tout nouvellement à
M. Musard l'émigré, au carrefour de l'Odéon,
à onze heures du soir.*

Je vous écris, Messieurs, tout tremblant encore
de la scène qui vient de se passer entre moi et un
quidam que j'ai rencontré hier sur les onze heures
du soir, dans le carrefour de l'Odéon. Voici cette
scène dans la plus grande exactitude :

Le quidam. — Ah ! je te rencontre enfin, gueux,
scélérat, monstre : c'est donc toi qui fais reculer
le siècle, qui éteins les lumières....... Te voilà
donc, barbare, double et triple barbare qui ar-
rêtes la *civilisation*, la *perfection* et l'*avancement*!...

Moi. — Hélas ! Monsieur, vous avez tort de
m'insulter ; je vous assure que je n'empêche en aucune manière le siècle d'aller son train : le siècle
serait donc bien malheureux si un pauvre individu

comme moi pouvait avoir quelqu'influence sur lui.
Ses lumières seraient donc bien pâles si je pouvais
les éteindre du petit coin de mon entre-sol. Je ne
demande pas mieux, en vérité, que le peuple français s'éclaire ; autant qu'il est possible, je dis honnêtement mes raisons, pour prouver qu'il n'a
pas toujours été éclairé sur ses vrais intérêts et sur
ses devoirs ; que ce serait pourtant là l'essentiel.
Je puis me tromper, mais mon erreur ne serait
pas d'une grande importance. Je croyais qu'on
pouvait avoir une opinion sur une chose aussi
vague, aussi peu positive que les *lumières du 18ᵉ
siècle*, sans mériter des injures terribles, qui sem-
bleraient confirmer mes doutes sur nos progrès
dans tous les genres. Je vous demande quelqu'in-
dulgence pour les *préjugés* dans lesquels on m'a
élevé, ils ne peuvent pas être extirpés en trente-
six heures ; je vous demande grâce pour mon
esprit qui était émigré, et qui est à peine *rentré et
rayé définitivement.*

Le quidam. — Oh ! je ne suis pas ta dupe ; on
ne m'abuse point avec des mots. Je le répète, tu

es un scélérat, un monstre, un fanatique; mais il ne s'agit point de cela.... (Ici le *quidam* me met le point sur la gorge.) Les *lumières ou la mort!* Tu vas avouer, en présence de ce réverbère, que nous sommes depuis deux douzaines d'année ssurtout, dans le siècle le plus éclairé qu'il y ait jamais eu dans le monde.....

Moi. — Oserais-je vous demander un *accessit* pour les siècles de Périclès, d'Auguste, de Médicis, de Louis XIV......?

Le quidam. Ah traître! je te vois venir : je n'entends point tous ces siècles-là, qui servent de point de ralliement à la malveillance; il faut t'expliquer catégoriquement : Sommes-nous ou ne sommes-nous pas dans le siècle le plus.....? (Ici le *quidam* fait une grimace de possédé, et son poing se rapproche de ma gorge de la manière la plus pressante.)

Moi. — C'est-à-dire.....

Le quidam. — Tu hésites, je crois, coquin, gueux, scélérat, barbare? Tu fais des façons....

Moi. — Puisque vous le voulez absolument,

17

Monsieur, je vous déclare, sans hésiter et sans façons, que nous sommes dans le siècle le plus éclairé
qu'il y ait jamais eu dans le monde.....

Le quidam. — Ah! c'est très bien. Tu ajouteras,
s'il te plaît, que nous avons fait, et que nous faisons tous les jours, dans tous les genres, des progrès dont on n'a pas d'idée......

Moi. — J'ajoute que nous avons fait, et que
nous faisons tous les jours, dans tous les genres,
des progrès dont on n'a pas d'idée.....

Le quidam. — Que pour ce qui est de la politique, de la science publique, et de tout ce qui concerne le bonheur des peuples, nous avons poussé
les choses au dernier point....

Moi. — Que pour ce qui est de la politique, de
la science publique, et de tout ce qui concerne le
bonheur des peuples, vous avez poussé les choses
au dernier point.

Le quidam. — C'est très-bien. Tu ajouteras encore, si tu veux bien, gueux que tu es, tu ajouteras que quant à ce qui concerne la politesse, l'urbanité, la grâce, le bon ton, il n'y a jamais rien

eu de comparable à ce qui se passe...... et que les siècles dont tu viens de me parler, sont des siècles infiniment grossiers auprès de celui où nous vivons....

Moi. — Je pourrais bien ajouter cela... mais je voudrais auparavant, si c'était un effet de *votre politesse*, de *votre grâce*, que vous voulussiez bien retirer les deux poings que vous me tenez sur la gorge, et qui me gênent un peu la respiration..... (Ici le *quidam* a fait mine de vouloir m'étrangler tout-à-fait, et alors j'ai ajouté de bonne grâce, que quant à ce qui concerne la politesse, l'urbanité, la grâce et le bon ton, il n'y a rien de comparable au siècle où nous vivons.)

Le quidam. — Ce n'est pas tout, je prétends bien te faire avouer et déclarer autre chose encore.

Moi. — Il est déjà bien tard. Je voudrais bien pouvoir me retirer tranquillement chez moi : j'ai l'habitude de me coucher à cette heure-ci.

Le quidam. — Tu ne te retireras point, tu ne te coucheras point que tu n'aies avoué et déclaré à haute et intelligible voix que ma tragédie est une des meilleures tragédies qu'on ait jamais faites depuis Rotrou ; que ma comédie est une des plus comiques qu'il y ait au répertoire français ; que mes petites pièces fugitives sont les plus gracieuses qu'il y ait dans la poésie légère de notre Parnasse....

Moi. — Mais, Monsieur, je ne connais point tous ces différens ouvrages de votre composition.

Le quidam. — Tu ne les connais point ; oh ! je te les ferai connaître : tu les liras, coquin, ou tu diras pourquoi. Je te ferai lire aussi mes *mémoires,* tu ne leur échapperas pas : je te les ferai *avaler* d'un bout à l'autre ; et si tu ne les reconnais pas pour des chefs-d'œuvre de style, de raisonnement, etc. tu auras de nouveau affaire à moi.

A ces mots, quelques personnes sont passées près de nous. Mon homme a quitté le collet de mon habit qu'il avait saisi, et j'ai profité de ce moment pour me sauver ; mais il m'a poursuivi jusqu'au Pont-Neuf, et il était près de m'atteindre quand je me suis précipité au corps-de-garde, où j'ai demandé asile contre ses tragédies, ses comédies, ses pièces fugitives, et contre les lumières et la politesse du

siècle...... Ensuite j'ai supplié le chef du poste
de vouloir bien me faire escorter jusque chez moi
pour ma sûreté. Il y a consenti de bon cœur. J'y
suis rentré plus mort que vif, comme vous pouvez
croire, et ce n'est pas sans émotion encore que j'ai
pu vous tracer ces lignes.

février 1815.

*Comme quoi M. Musard a été nommé chevalier de
l'Ordre de l'Éteignoir et du Double-Éteignoir,
et comme quoi il fait amende honorable.*

J'ai été nommé, Messieurs, chevalier de l'ordre de
l'éteignoir et même du double-éteignoir dans une
promotion du mois de février de l'année 1815. Ma
nomination se fit avec toutes les cérémonies d'u-
sage : l'usage était d'accompagner les cérémonies
des épigrammes les plus fines et les plus ingé-
nieuses; de faire faire le portrait du chevalier d'une
manière un peu grotesque. Je fus achevé de peindre
dans le *Nain jaune*. A la vérité je n'étais pas bien
ressemblant. On m'avait un peu flatté : c'était une
bonté de l'artiste. Il s'en faut de beaucoup que je
sois aussi joli que mon portrait qui a été exposé
dans la rue du Coq-Saint-Honoré. Au fait, j'avais
bien mérité mon sort. J'avoue mes fautes avec in-

génuité. J'avais cherché bien réellement à éteindre
les lumières du siècle. Je n'ai pas été le maître d'un
premier mouvement d'humeur contre des perfections qui me faisaient ressembler à un homme de
l'autre monde. J'ai eu bientôt occasion de voir
toute mon erreur pendant cent jours, où le siècle
a été parfaitement livré à lui-même, et libre des
éteignoirs et des *éteigneurs*. Je n'aurais jamais cru
qu'il y eût tant d'hommes éclairés dans ma patrie,
et qu'on pût les compter dans chaque département, par bandes de plusieurs mille. Il fallait
que je fusse aveugle pour n'avoir pas vu tout cela.
Mes yeux se sont enfin dessillés ; et pour citer seulement Napoléon le grand, qui était un produit
net des lumières, je ne puis m'empêcher de reconnaître le progrès qu'il a fait faire à la science publique dans toutes ses parties. Je n'avais pas fait
attention à quatre ou cinq millions d'hommes qu'il
a employés à faire ses expériences, lesquelles ont
eu de si plaisans résultats.

J'avoue que j'ai cherché à éteindre nos lumières
en tactique. Je voulais qu'il y eût un peu moins

d'hommes tués ou blessés, comme au temps des Turenne et des Catinat : c'était une niaiserie de ma part.

Je suis obligé d'avouer à ma honte que j'ai voulu éteindre les lumières de mon charpentier, de mon tailleur, de mon valet qui ont fait des progrès effrayans en science publique et en toutes sortes de science, et qui, ayant appris le secret de leurs forces, en ont voulu faire l'essai... Je sens maintenant à merveille la nécessité d'éclairer tout ce monde-là. C'est à moi de me tirer d'affaires comme je pourrai.

J'ai fait dans mon village des observations qui ont achevé de me convertir. On ne comptait à Naconne avant 1789 que deux ou trois cabarets ; maintenant on en compte neuf pour une population qui a diminué d'un quart, et ces cabarets sont toujours pleins, surtout pendant les offices divins : ce qui est essentiel à remarquer. Au lieu de quatre ivrognes qu'on emportait chez eux par semaine, on en porte régulièrement quinze ou seize, et leur ivresse dure bien plus long-temps ; car l'eau-de-vie et les liqueurs fines y entrent pour beaucoup.

Autrefois, personne ne savait fumer à Naconne. J'y ai trouvé plus de vingt fumeurs établis fièrement sur leurs portes, et se donnant le plaisir de cracher sans cesse à tort et à travers, et de tordre élégamment la gueule en gouvernant l'Europe.

On trouvait à la tombée de la nuit deux ou trois enfans naturels exposés sur le pavé : on en trouve aujourd'hui régulièrement dix ou douze, à cause des lumières des demoiselles.

Les Naconnais demeuraient autrefois tranquilles chez eux sans ambition, et contens de leur sort. Aujourd'hui ils prennent la diligence ou les pataches pour aller demander des places, des pensions, des décorations. En attendant ils voient le Palais-Royal, les différentes écoles des mœurs de la capitale, et ils reviennent meilleurs à Naconne, sans contredit. Je n'ajouterai pas qu'ils reviennent plus éclairés : cela va sans dire.

Cependant je m'étais complu à reconnaître que le siècle avait fait un grand pas sur le violon, la clarinette, le forté-piano et la valse : peut-être en faveur de cette concession, aurait-on dû se dispenser de me coiffer d'un vilain bonnet noir en forme d'éteignoir. Je vais tâcher de mériter un bonnet d'une couleur plus *tendre*, qui a été l'agréable coiffure des plus grandes lumières du siècle.

FIN.

TABLE DES MATIÈRES

CONTENUES DANS CET OUVRAGE.

FIN DE LA TABLE.

www.ingramcontent.com/pod-product-compliance
Lightning Source LLC
Chambersburg PA
CBHW051819020726
47502CB00005B/1539